# A Day
# No Pigs
# Would Die

우리 아버지 헤븐 펙에게 이 책을 바칩니다.
돼지 잡는 일을 하시던 아버지는 참 다정다감하셨습니다.

# 돼지가 한 마리도 죽지 않던 날

로버트 뉴턴 펙 소설
김옥수 옮김

율로율로

# 1

4월의 그날에 나는 학교에 있어야 했다.

하지만 나는 우리 집 너머에 있는 오래된 폐광 근처 산등성이에 올라가서는, 마른 나뭇가지로 사탕단풍나무의 잿빛 둥치를 휘갈기며 에드워드 새처에게 욕을 퍼부어 대고 있었다. 쉬는 시간에 그놈이 내 옷을 보고 손가락질하며 놀려 대는데도 나는 말 한마디 못 하고 꽁무니를 빼 버린 것이다. 말콤 선생님이 시작종을 울릴 즈음에는 벌써 집까지 절반쯤 온 상태였다.

나는 돌멩이 하나를 주워 고사리 덤불을 향해 있는 힘껏 내던졌다. 언젠가는 에드워드 새처에게 이런 식으로 힘껏 달려들어 그놈이 멱딴 돼지처럼 피를 철철 흘리도록 만들 거야. 버몬트 이쪽 끝에서 저쪽 끝까지 걷어차 버리고 말 거라고. 셰이커* 교인을 놀리면 안 된다는 사실을 따끔하게 가르쳐 줄 거야. 러닝 읍내에서 다시는 얼굴을 못 들고 다니게 만들 거다, 반드시.

그때 갑자기 날카로운 소리가 뇌리를 흔들었다. 나는 깜짝 놀라 고개를 돌렸다. 젖소 한 마리가 곤경에 처해 있었다.

이웃에 사는 태너 아저씨의 커다란 홀스타인 젖소였다. 아저씨는 그 소를 '행주치마'라고 불렀다. 온몸이 검디검은데, 앞다리까지 이어진 가슴과 목 부분만큼은 하얀 것이 마치 깨끗한 행주치마를 두른 것처럼 보였기 때문이다. 아저씨는 우리 아빠에게 행주치마는 아저씨가 가지고 있는 많은 젖소 가운데 덩치도 제일 크고 우유도 제일 많이 만들어 내는 소라고 말했다. 그래서 아저씨는 다가오는 여름에 행주치마를 러틀랜드 박람회에 출품할 계획이었다.

내가 그쪽으로 달려가는데 행주치마는 다시 끔찍한 소리를 질러댔다. 가까이 다가가 보니 그 이유를 알 수 있었다. 행주치마는 커다란 몸통을 들썩이며 새끼를 낳으려는

* 공동생활을 강조하는 미국 기독교의 일파.

중이었다. 푹 주저앉은 앞다리에는 피가 흥건했고 입에는 걸쭉한 연녹색 거품이 부글부글 일고 있었다. 나는 손을 뻗어 행주치마의 머리를 쓰다듬으려고 했다. 하지만 행주치마는 핏발 선 무서운 눈으로 거친 숨을 씩씩 내뿜었다.

행주치마가 몸통을 돌리자 잔뜩 부풀어오른 궁둥이가 보였다. 궁둥이를 들썩일 때마다 하늘 높이 휘어져 올라간 꼬리가 허공을 휙휙 갈랐다. 송아지 머리와 발굽 하나가 궁둥이 밖으로 비어져 나오고 있었다. 하지만 머리가 피와 양수로 뒤범벅이 되어 있어서 죽었는지 살았는지 도통 알 수가 없었다. 그때 송아지가 음매 하고 울었다.

행주치마가 덤불을 뚫고 내달렸다. 나도 그 뒤를 쫓았지만 따라잡을 수가 없었다. 그러다가 행주치마는 다시 멈추더니 온몸에 힘을 주었다. 나는 재빨리 달려가서 송아지 머리를 단단히 붙잡았다.

하지만 머리에 끈적끈적한 것이 너무 많이 묻어 있는데다가 행주치마가 몸을 심하게 흔들어서 제대로 잡고 있을 수가 없었다. 게다가 몸무게가 46킬로그램밖에 안 되는 열두 살짜리 꼬마가 족히 460킬로그램이 넘는 행주치마 몸에서 새끼를 잡아 빼낸다는 것은 애당초 무리였다. 내가 잡고 있던 송아지 목을 놓치며 고꾸라지자, 행주치마가 발굽으로 내 정강이뼈를 여지없이 걷어찼다. 정말 아팠다. 송아지가 다시 음매 하고 울었다. 나는 그제야 간신히 일어나 새롭게 각오를 다졌다.

에드워드 새처와 맞서 싸우지도 못하고 학교에서 도망쳐 나와 화가 나던 참인데, 이번에도 그냥 도망친다면 영락없는 겁쟁이가 되고 말 것이다.

줄이 필요했다. 그렇지만 있을 리가 없었다. 직접 만들어야 했다. 길이가 길지는 않아도 되지만 튼튼해야 했다.

덤불을 헤치며 행주치마를 뒤쫓는 일은 꽤 재미있었다. 계속 달려가면서 나는 바지를 벗으려고 했다. 하지만 제대로 될 리 없었다. 그래서 덤불에 앉아 신발도 벗지 않은 채 바지를 홱 당겨서 벗은 다음에 행주치마를 쫓아갔다. 몇 번 실패한 끝에 마침내 한쪽 바짓가랑이를 송아지 머리에 묶을 수 있었다.

"송아지야, 그렇게 엄마 궁둥이 속에 있으면 숨이 막힐 거야. 그러다간 태어나자마자 숨이 막혀서 죽을 수도 있어."

내가 뒤꽁무니에서 무슨 꿍꿍이를 벌인다고 생각했는지 행주치마는 그리 달가워하지 않았다. 그래서 나를 뒤꽁무니에 달고 다시 내달리기 시작했다. 행주치마가 한 발짝

씩 움직일 때마다 발가벗은 내 궁둥이와 불알에 가시가 박혔다. 그런데도 송아지는 밖으로 나올 기미가 보이지 않았다. 행주치마가 다시 멈춰 서서 숨을 돌릴 때 나는 손에 들고 있던 다른 쪽 바짓가랑이를 울타리 기둥만 한 층층나무에 재빨리 묶었다.

이제 세 가지 가능성만 남았다. 바지가 찢어지든지, 행주치마가 나무를 뿌리째 뽑아 버리든지, 그것도 아니면 송아지가 빠져나올 터였다.

하지만 아무 일도 일어나지 않았다. 행주치마는 그 자리에 가만히 서서 몸을 부르르 떨고 씩씩거리며 용만 쓸 뿐, 한 발짝도 움직일 생각을 안 했다. 나는 바짓가랑이를 나무에 더욱 단단히 묶었다. 그러고 나니까 행주치마와 마찬가지로 앞으로 어떻게 해야 좋을지 그저 막막하기만 했다.

송아지가 또 음매 하고 울었다. 이전보다 훨씬 약한 소리였다. 행주치마는 숨만 헐떡거릴 뿐, 그 자리에서 꿈쩍도 하지 않았다.

"나쁜 자식!"

나는 행주치마에게 고함을 지르며 가죽 채찍처럼 길고 빗자루 손잡이만큼 굵은 나뭇가지를 주워 들었다.

"어서 그 냄새나는 검은 궁둥짝을 움직이지 못해?"

사람이든 짐승이든 그렇게 힘껏 때린 적은 처음이었다. 너무 힘껏 때려서 내가 눈물이 핑 돌 정도였다. 나뭇가지의 가시가 손바닥 깊숙이 파고들었다. 그래도 나는 더 화가 날 뿐이었다.

발로 힘껏 걷어찼다. 돌도 던졌다. 마지막으로 한 번 더 세게 걷어찼다. 젖통을 너무 세게 찼는지 행주치마가 신음 소리를 내는 것 같았다. 행주치마가 뒷다리를 굽히며 덤불 속으로 주저앉았다. 그러더니 갑자기 앞으로 움직이기 시작했다. 바지가 팽팽해졌다. 바지 찢어지는 소리와 송아지 우는 소리가 동시에 들렸다. 그러고는 뜨겁고 끈적끈적한 덩어리가 내 몸 전체를 덮었다. 일부분은 송아지였고 나머지는 끈적끈적한 액체였다.

나는 그 무게와 힘에 짓눌려 있으면서도, 송아지가 죽었는지 살았는지 확인하려고 했다. 하지만 알아낸 거라고는 축축한 물질이 나를 뒤덮었다는 것, 그리고 마구 발길질을 해대는 아주 뜨거운 물체가 내 몸을 덮치지 않도록 위에서 어떤 튼튼한 끈이 붙잡아 주고 있다는 사실 정도였다. 눈가를 문질러 끈적끈적한 액체를 떼 내니 행주치마의 검고 커다란 머리가 보였다. 행주치마는 커다랗고 검은 입으로 먼저 나를 핥고 나서 송아지를 핥아 주었다.

하지만 행주치마도 온전한 상태는 아니었다. 갑자기 커다란 입을 벌리고 숨을 가쁘게 몰아쉬며 비틀거렸다. 내 몸 위로 커다란 몸통을 쓰러뜨릴 것 같았다. 행주치마의 목구멍에서 다시 거친 소리가 나오더니 앞으로 빼문 커다란 혓바닥이 시계추처럼 이리저리 흔들거렸다. 마치 뭔가가 목구멍을 막고 있는 듯했다. 숨을 쉬려고 했으나 어떤 끔찍한 물체가 목 속에 박혀 병목을 막은 병마개처럼 숨통을 꽉 죄고 있는 것 같았다.

어지러워서 그러는지 아파서 그러는지, 행주치마의 커다란 몸이 흔들거렸다. 행주치마가 앞다리를 꺾고 쓰러지면서 커다란 머리통으로 내 가슴을 때렸다. 코가 거의 내 턱에 닿을 것만 같았다. 숨소리가 들리지 않았다!

함지박만 한 턱이 벌어져 있기에 입 안으로 손을 집어넣어 보았다. 하지만 퉁퉁 부은 혓바닥만 만져졌다. 손가락을 목구멍 안으로 깊숙이 집어넣었다. 뭔가가 있었다! 사과만 한 크기의 딱딱한 물체. 그것이 목구멍인지 숨통인지를 막고 있었다. 나는 그것이 무엇이든 상관하지 않았다. 그냥 두 눈을 질끈 감은 채 그걸 잡고 확 잡아챘다.

언젠가 소는 물지 않는다는 말을 들은 적이 있다. 그러나 그 말은 말짱 거짓말이었다. 갑자기 팔뚝과 어깨 사이에서 톱으로 자르는 듯한 통증이 느껴졌다. 행주치마가 내 팔을 질근질근 씹으며 놓아주지 않았다. 네발을 딛고 일어선 다음에도 계속 씹어 댔다. 그러더니 망할 놈의 소가 내 팔을 문 채 반쯤 발가벗은 내 몸을 질질 끌면서 산등성이를 뛰어내려갔다. 이빨로 씹지는 않았지만 앞발굽은 계속 내 몸을 때렸다.

환한 대낮이 분명한데, 사방이 어두워졌다. 칠흑같이 어두운 암흑이었다. 깜깜한 어둠과 핏빛 그리고 온몸을 파고드는 통증만 사방에 가득한 것 같았다.

그렇게 계속 이어졌다. 끝날 줄을 몰랐다.

# 2

"헤븐 펙!"

누군가가 아빠 이름을 커다랗게 불렀다. 그러나 아무것도 보이지 않았다. 정말 이상했다. 두 눈을 뜨고 있는데도 아무것도 보이지 않는 것이다. 눈이 따끔따끔했다. 눈을 깜빡거려 보았지만 안개 같은 것은 여전히 걷히지 않았다.

내 몸에 담요가 덮여 있었다. 담요가 아픈 팔을 스치자 통증이 느껴졌다. 통증 때문에 내가 깨어 있는 것 같았다. 살아 있다는 걸 느꼈다.

이제 다른 목소리도 들렸다. 아빠가 대답하는 소리다. 나를 데려온 사람이 아빠에게 물었다.

"자네 아들 맞지? 악마에 홀렸는지 피범벅 흙범벅이 되어서 도대체 알아볼 수가 있어야지. 게다가 발가벗다시피 하고 있었으니."

"맞네. 우리 로버트야."

아빠 목소리였다. 그다음에 엄마 목소리가 들렸다. 음악처럼 달콤하고 부드러운 소리였다. 엄마가 손으로 내 이마와 머리카락을 쓰다듬는 걸 느낄 수 있었다. 캐리 이모도 있었다. 캐리 이모는 엄마의 큰언니인데 우리와 함께 살았다.

억센 손이 내 다리와 갈비뼈를 만지고 있었다. 나는 수업을 빼먹은 이유를 설명하려고 했지만, 입이 열리지 않았다. 누군가가 따뜻한 물로 얼굴을 닦아 주었다. 물에서 라일락 냄새가 났다. 마음을 편하게 해 주는 냄새였다.

아빠 목소리가 들렸다.

"우리 아이를 집까지 데리고 와 줘서 고맙네, 벤저민 태너. 큰 신세를 졌어. 얘가 잘못한 게 있으면 내가 다 책임지겠네."

"그런 건 걱정 말고 우선 아이 팔부터 살펴보게. 상처가 너무 심해. 뼈가 부러졌을지도 몰라."

그때 엄마 목소리가 들려왔다.

"여보, 애가 손에 뭔가를 꽉 쥐고 있는데, 손을 펼 수가 없어요."

사람들이 내 오른손을 펴고 그 안에 있던 뭔가를 집어 가는 게 느껴졌다. 빼앗기기 싫었지만 어쩔 수 없었다.

엄마 목소리가 또 들렸다.

"이런 건 처음 보네요. 마치 살아 있는 것 같아요."

"내가 알아요. 그건 혹이에요."

저만치에서 태너 아저씨의 걸걸한 목소리가 들렸다.

"혹?"

"대체 어디서 난 걸까요?"

"고약한 거야. 그건 그렇고, 우선 저 팔부터 치료하자구. 자네 담요를 약간 찢어야 할 것 같구먼, 태너."

"내 게 아니고 우리 집 말이 덮는 거야. 그러니 마음대로 자르게나."

아빠가 오른쪽 어깨 밑으로 담요를 잡아당기는 게 느껴졌다. 그러나 담요는 말라붙은 피에 착 달라붙어 있었다. 아빠가 주머니칼을 펴는 소리와 담요를 자르는 소리가 들려왔다.

"손수건으로 팔을 묶어 두었어. 피를 너무 많이 흘리지 않도록 말이야."

태너 아저씨가 말했다.

아빠가 손수건을 풀자 태너 아저씨가 말했다.

"그걸 풀면 다시 피가 날 텐데, 헤븐."

"괜찮아. 피를 더 흘리는 게 좋아. 그래야 더러운 게 빠져 나오거든. 상처를 치료하려면 고양이 입처럼 깨끗해질 때까지 더러운 피를 다 빼내는 수밖에 없어."

"그도 맞는 말이군."

태너 아저씨 목소리에 뒤이어 아빠가 엄마에게 부드럽게 말하는 소리가 들려왔다.

"여보, 바늘로 꿰매는 게 좋겠어."

아빠가 나를 두 팔로 안고 집 안으로 들어가더니 부엌에 있는 식탁 위에 반듯이 눕혔다. 엄마가 뭔가 부드러운 걸로 머리를 받쳐 주고 캐리 이모가 라일락 향이 나는 물로 내 몸을 닦아 주는 동안 아빠가 셔츠를 찢어 내고 신발을 벗겼다.

"불쌍한 내 새끼."

엄마 목소리였다.

누군가 내 이마를 짚어 보며 열이 나는지 살피는 것 같았다. 뒤이어 차갑고 축축한 수건이 이마에 놓였다. 기분이 좋았다. 우습게도 온몸에서 감각을 느낄 수 있는 유일한 곳은 바로 이마였다. 그러다가 엄마가 팔에 바늘을 찌르는 게 느껴졌다. 비명을 지르고 싶었지만 꾹 참아야 한다는 생각이 들었다. 그래서 꼼짝 않고 식탁 위에 누워 엄마가 다 꿰맬 때까지 가만히 있었다. 끔찍하게 아팠다. 두 눈에 눈물이 고이더니, 강물처럼 쉴새없이 귓가로 흘러내렸다. 그렇지만 신음소리 하나 내지 않았다.

필요한 부분을 모두 꿰매는 작업이 끝나자(이때는 내가 사람이 아니라 마치 바느질감이 된 듯한 기분이었다), 아빠가 나를 안고 이층 내 방으로 올라갔다. 풀을 먹여 바스락거리는 베개에 머리가 닿자 엄마 냄새가 났다. 양쪽 귀에 서늘한 모슬린 베갯잇 감촉이 느껴질 만큼 푹신한 깃털 베개에 머리가 푹 파묻혔다.

내가 입을 열었다.

"태너 아저씨한테 전해 주세요."

엄마가 황급히 머리맡으로 달려왔다. 아빠와 캐리 이모는 침대 발치에 서 있었다.

다시 입을 열었다.

"태너 아저씨한테 전해 주세요. 산마루로 올라가면 송아지가 있을 거라구요. 송아지가 태어나는 걸 도와줬어요. 송아지를 낳고 나서도 행주치마가 숨을 못 쉬길래, 손을 집어넣어 목구멍에 막혀 있던 걸 뽑아냈어요. 그리고……
수업을 빼먹을 생각은 아니었어요."

"알았다."

아빠가 말했다. 그러자 내 몸을 샅샅이 훑어보던 캐리 이모가 뒤이어 물었다.

"그런데 바지는 어디 있니?"

"산등성이에 있어요. 나무에 잡아 묶어서 찢어졌어요. 미안해요, 엄마. 바지를 새로 만들어야 할 거예요."

"상처투성이 아들을 꿰매는 것보다 바지를 꿰매는 게 훨씬 좋단다, 얘야."

엄마가 얼굴을 바짝 갖다 대자, 엄마의 착한 마음씨가 그대로 전해지는 것 같았다.

"오른팔…… 오른팔에 아무 감각이 없어요."

"그건 지금 오른팔이 쉬고 있기 때문이란다. 그 팔도 너처럼 얼른 낫고 싶어서 말이야. 그럼 아빠랑 이모랑 나는 조용히 나갈 테니 푹 쉬거라. 너에겐 휴식이 필요해."

모두 다 밖으로 나갔다. 나는 눈을 감자마자 금세 곯아떨어졌다. 나중에 엄마가 방에 들어왔을 때에야 잠에서 깨어났다. 엄마가 뜨거운 콩 요리와 저녁에 짠 신선하고 따뜻한 우유 한 잔을 가져왔다. 우유에는 거품이 아직까지 남아 있었다.

"진짜 맛있어요."

내가 말했다.

잠잘 시간이 되자, 아빠가 쿵쾅거리며 계단을 올라와 사과 한 개를 건네주었다. 지난 늦가을에 수확해서 창고에 넣어 두고 먹던, 조금밖에 안 남은 사과였다. 아빠가 의자를 끌어와 침대 머리맡에 놓고 앉더니, 왼손으로 사과를 들고 먹는 내 모습을 물끄러미 바라보았다.

"이제 괜찮니?"

"네, 아빠."

"수업을 빼먹었으니 매 좀 맞아야겠구나."

"네, 아빠. 아빠 말씀이 맞아요."

"언젠가는 러닝 읍내에 있는 은행에 가서 네 이름을 써야 할 때가 있을 게다, 그렇지?"

"네, 아빠."

"아빠는 널 바보로 키우고 싶진 않아."

"네, 아빠."

오른팔을 움직이려 했지만 통증만 느껴졌다. 나도 모르게 앓는 소리가 흘러나왔다.

"행주치마가 너무 심하게 물어뜯었어. 뼈까지 드러날 정도로 말이다."

"그러게 말이에요. 소는 물지 않는 줄 알았어요."

"화가 나면 누구나 문단다."

"제가 행주치마를 화나게 했나 봐요. 그렇지만 그놈도 저를 화나게 했다구요."

"입 안에 손을 집어넣었니?"

"네."

"네가 그…… 혹을 끄집어냈니?"

"네, 아빠."

"송아지를 낳기 전이냐, 낳고 나서냐?"

"기억이 안 나요. 분명한 건 그놈이 숨을 헐떡이면서 목구멍에 박힌 걸 빼 주기만을 기다렸다는 거예요."

"그래서 혹을 꺼내 주었단 말이지?"

"네, 아빠. 송아지도 걸려 있었어요. 그래서 제가 꺼내 주었어요. 바지도 찢기고 제 몸도 찢기면서. 저하고 송아지하고 행주치마가 한데 뒤엉켜서 서로를 찢고 당겼어요."

"그래, 지금 기분은 어떠니?"

"차라리 죽는 게 나을 것 같아요. 그럼 더 이상 아프진 않겠죠."

"불평하지 않는 편이 좋을 거야. 수업을 빼먹고도 안 맞는 게 어디냐."

"네, 아빠. 불평하지 않을게요. 갑자기 확 움직이지만 않으면 팔엔 아무 감각도 없어요. 다른 데가 더 끔찍하게 아파요."

"어디가 그런데?"

"등이랑 불알이요. 가시에 얼마나 많이 찔렸는지 생각만 해도 끔찍해요. 지랄 같은……."

"뭐라구?"

"그 지독한 가시가 모두 제 몸 속으로 파고들어 이리저리 돌아다니다가 옆구리로 빠져나오는 것 같아요. 고통에서 벗어날 수만 있다면 영혼이라도 팔겠어요."

"네 영혼도 네 몸처럼 그렇게 형편 없다면 팔아도 얼마 받지 못할 것 같구나."

"맞아요, 그럴 거예요."

아빠가 주머니를 뒤적거렸다.

"스프루스 껌이 두 개 있구나. 하나는 내가 먹을 건데, 너는 어떨지 모르겠구나."

"저도 먹고 싶어요, 아빠."

"옜다, 잠시나마 가시 박힌 고통을 잊게 해 줄지도 모르겠다."

"벌써 효력이 있는 것 같아요. 고마워요, 아빠."

스프루스 껌은 처음에는 딱딱하고 깔깔하지만, 곧 입 안의 열기로 씹기 좋을 만큼 말랑말랑해진다. 아빠가 준 껌은 유난히 단물이 많았다. 껍질을 자주 뱉어 내야 한다는 것이 약간 귀찮을 뿐이었다.

"오늘 옻나무를 찾았단다, 얘야."

"벌써 여물었어요?"

아빠가 주머니에서 손가락만 한 굵기에 10센티미터쯤 되는 옻나무 가지 하나를 꺼냈다.

"어떠냐?"

"아빠, 정말 멋있어요. 칼은 있어요?"

아빠가 칼을 꺼내서 동그랗게 껍질을 벗기고는 한쪽 끝에다 칼집을 냈다. 이제 하룻밤 동안 물속에 담가 충분히 불리면 껍질을 다 벗겨 낼 수 있을 것이다. 그런 다음 끓는 물에 넣어서 독을 빼내면 된다.

"아주 멋진 피리가 될 거야."

"맞아요."

"이렇게 멋진 피리를 가진 아이라면 학교를 빼먹을 이유가 없겠지. 네 생각은 어떠니?"

"제 생각도 그래요, 아빠."

아빠가 자리에서 일어났다. 커다란 몸이 지붕에 닿을락 말락 했다.

"잠들기 전에 껌은 뱉도록 해라."

"알았어요, 아빠."

아빠가 허리를 구부리더니, 누비이불을 당겨서 목까지 덮어 주었다. 아빠 손에서 냄새가 나는 것으로 보아 오늘도 돼지를 잡은 게 분명했다. 죽음을 떠올리게 하는 아주 퀴퀴한 냄새였다. 아빠 몸에서는 낮이고 밤이고 늘 그 냄새가 난다. 하지만 부엌에 있는 욕조에 들어가 정강이까지 채워진 따뜻한 비눗물로 몸을 깨끗이 씻는 토요일에는 그런 냄새가 나지 않았다.

일요일 아침 셰이커 교회에 가서 아빠 옆에 앉아 예배 볼 때 아빠 몸에서 가장 좋은 냄새가 난다. 그때는 아빠가 늘 사용하는 커다란 갈색 비누 냄새가 났고, 읍내에서 사온 머릿기름 냄새가 날 때도 가끔 있었다. 하지만 돼지를 죽여야 먹고사는 사람이 언제나 일요일 아침처럼 좋은 냄새를 풍길 수는 없는 노릇이다.

아빠의 온몸에서는 열심히 일한 냄새만 가득할 뿐이다.

# 3

나는 거의 일주일 동안 누워 있었다.

침대에서 처음 일어난 날은 토요일이었다. 이틀 동안 학교에 갈 걱정 없이 침대에서 일어나 밖에 나가 볼 생각이었다.

아침을 먹으려고 절뚝거리며 부엌으로 내려가는 나를 보고 아빠가 말했다.

"잘됐다. 마침 일손이 필요하던 참인데, 널 보니 당장 일해도 되겠구나."

그 말을 듣는 순간 나는 필요 이상으로 절뚝거려 보았지만 아무 소용이 없었다. 한 시간 뒤, 우리는 태너 아저씨네 땅과 우리 땅을 나누는 울타리에서 기둥을 고치고 있었다.

"울타리라는 거 참 우스워요. 안 그래요, 아빠?"

"왜 그렇게 생각하니?"

"아빠랑 태너 아저씨는 친구잖아요. 이웃사촌 말이에요. 그런데도 마치 전쟁을 하듯이 이렇게 울타리를 세우고 있잖아요. 이 세상에서 사람만이 자기 걸 지키려고 울타리를 세우는 것 같아요."

"그렇지 않아."

아빠가 말했다.

"동물들은 울타리를 세우지 않잖아요."

"아니야, 동물들도 울타리를 세운단다. 봄에 수컷 울새가 보금자리를 마련해야 암컷이 수컷에게 날아가거든. 수컷은 보금자리로 울타리를 세우는 거야."

"그런 말은 처음 들어요."

"울새가 노래하는 거 많이 들어 봤지? 그 소리는 말이야, 이 나무는 내 거니까 가까이 오지 말라는 뜻이야. 그 소리도 울새의 울타리인 셈이지."

"엉터리."

"여우를 본 적 있니?"

"물론 여러 번 봤죠."

"내 말은, 자세히 살펴봤냐구. 여우란 놈은 매일같이 자기 영토를 돌아다니며 나무나 바위 여기저기에 오줌을 갈기지. 그게 그놈 울타리야. 그 이상은 잘 모르겠지만, 살아있는 모든 생명체는 어떤 식으로든 울타리를 세울 것 같아. 나무가 뿌리로 울타리를 만들듯이 말이야."

"그렇다면 그건 전쟁이 아니네요."

"평화로운 전쟁이야. 내가 알기로는 벤저민 프랭클린 태너는 자기네 소가 우리 옥수수밭을 망가뜨리는 걸 좋아하지 않을 사람이야. 우리 소가 자기네 밭을 망가뜨린다면 나보다 더 속상해할 사람이고 말이야."

"태너 아저씨는 좋은 이웃이에요, 아빠."

"그 사람도 나처럼 자기네 땅과 우리 땅을 구분하는 울타리가 있어야 한다고 생각할 거다. 울타리는 이웃을 갈라놓는 게 아니라 하나로 만들어 준다는 사실을 태너 아저씨도 잘 알고 있어."

"그런 생각은 미처 못 했어요."

"이제 알게 됐잖니."

아빠와 나는 이야기를 나누다가 일손을 멈추고 고개를 들었다. 마을에서 보기 드문 행렬이 산등성이를 내려와 초원을 가로지르고 있었다. 태너 아저씨와 행주치마였다. 행주치마는 목사님처럼 아주 말끔해 보였다. 그런데 어미 젖꼭지를 빨려고 졸졸 따라오는 송아지는 한 마리가 아니라 두 마리였다! 쌍둥이처럼 꼭 닮은 송아지였다! 그리고 태너 아저씨도 뭔가를 안고 있었다.

"잘 잤나, 헤븐?"

"어서 오게, 벤저민."

"안녕, 로버트."

"안녕하세요, 아저씨?"

나는 아저씨를 보지도 않고 인사했다. 잘생긴 수송아지들에게 온통 눈길을 빼앗겼던 것이다. 그렇게 예쁜 송아지는 처음 보았다! 행주치마보다 더 새까만 녀석들은 턱받이를 두른 듯 앞가슴만 새하얬다.

"보브랑 비브야. 보브는 네 이름을 따서 지었단다, 꼬마야."

"멋있는데!"

아빠가 말했다.

"멋있는 한 쌍이지. 잘 어울리는 홀스타인 황소 한 쌍을 러틀랜드에 출품하는 게 꿈이었어. 그런데 자네의 용감한 아들 덕분에 드디어 그 꿈을 이루게 됐네, 헤븐. 이 녀석들은 이 근방에서 가장 멋진 황소가 될 거야. 박람회 기간이

다가오면 러닝 마을의 자랑거리가 될 거고 말이야."

"행주치마가 두 마리를 낳았어요?"

내가 할 수 있는 말은 그게 전부였다.

"그래, 두 마리나 낳았지. 이 녀석들은 정말 멋진 한 쌍이 될 거야. 정말 고맙다, 로버트. 그리고 이 돼지는 네 수고에 대한 선물이다."

태너 아저씨가 외투 안에서 조그맣고 하얀 새끼 돼지 한 마리를 꺼냈다. 코와 귀가 분홍색인 아름다운 돼지였다. 심지어 발가락에도 분홍색 점 두어 개가 있었다.

"이 돼지를 저한테 주신단 말이에요?"

"그래, 얘야. 네가 한 일에 비하면 약소하지."

"야호! 고마워요, 태너 아저씨!"

나는 태너 아저씨가 건네주는 돼지를 받아 들었다. 처음에는 조금 꽥꽥거리며 발버둥을 치더니, 내가 두 팔로 바짝 끌어안자 나한테 착 달라붙어서 내 얼굴을 핥기 시작했다. 침 냄새가 고약했지만 상관하지 않았다. 녀석은 이제 내 거니까.

"고맙네, 태너 형제. 하지만 이웃을 도운 일로 대가를 받는 건 셰이커 교인으로서 할 짓이 아니야. 로버트가 한 일은 농부의 자식으로 마땅히 해야 할 일이었네. 대가를 받을 일이 아닐세."

아빠가 정색을 하고 말했다.

나는 마음이 아팠다. 정말 아팠다. 아빠는 돼지를 못 받게 할 것이 분명했다.

"헤븐, 이 아이가 언제 태어났지?"

"2월요."

아빠가 미처 입을 열기도 전에 내가 재빨리 대답했다.

"까맣게 잊고 있었구나. 네 생일을 기억하지 못해서 미안하다, 로버트. 대신 그놈을 너한테 주마. 만약 그놈이 우리 땅에 얼씬거리면, 잡아서 베이컨을 만들고 말 거다."

아빠가 머리를 저으며 말했다.

"그건 옳지 않네."

"여보게, 헤븐 펙. 내가 온 진짜 이유는 오는 가을에 이 두 놈에게 멍에를 씌울 때 도와달라고 미리 부탁하러 온 걸세. 도와줄 수 있겠나?"

"그야 물론이지."

"그럼 잘됐군. 나는 빚진 마음으로 살고 싶지 않네. 갓 태어나 이제 막 젖을 뗀 저 돼지로 자네 도움에 대한 대가를 치르게 해 주게나."

"좋아."

아빠가 승낙했다.

"좋아요."

바로 그때 돼지와 나는 같이 꽥꽥 소리를 질렀다. 이 녀석은 이제 내 거다, 내 거, 내 거!

녀석을 다시 보니, 그렇게 예쁠 수가 없었다. 내 돼지. 녀석은 행주치마보다, 쌍둥이 송아지보다 더 예뻤다. 우리 황소 솔로몬보다도 더 예뻤다. 우리 젖소 데이지보다 훨씬 더 예뻤다. 마을에 있는 어떤 강아지나 고양이, 닭이나 금붕어, 그 무엇보다도 예뻤다. 순백처럼 하얀 몸에 사탕처럼 달콤한 핑크빛이 감돌았다. 나는 황홀한 눈빛으로 녀석을 불러 보았다.

"핑키."

그러자 태너 아저씨가 말을 받았다.

"좋은 이름이군. 보브와 비브처럼 근사한 이름이야."

"벤저민, 고맙네."

아빠가 말했다.

"고맙습니다, 아저씨."

아빠가 곡괭이 손잡이로 내 옆구리를 찌르는 바람에 나는 얼른 감사의 말을 전했다.

"천만에, 로버트. 행주치마와 쌍둥이 송아지가 곤경에

처하면, 내가 도움을 청할 사람은 한 사람밖에 없단다.”

“누군데요?”

어떤 대답이 나올지 뻔히 알면서도 내가 물었다.

“그야 너말고 누가 또 있겠니?”

아저씨가 이렇게 말하면서 내 배를 간질이는 바람에 정신 없이 웃다가 하마터면 핑키를 떨어뜨릴 뻔했다.

태너 아저씨가 행주치마와 쌍둥이 송아지를 데리고 돌아가는 모습을 바라보며 나는 핑키를 가슴에 꼭 껴안았다. 그렇게 마음에 꼭 드는 걸 가져 본 적이 없었다. 최소한 내가 가진 것 중에 그렇게 소중한 건 처음이었다. 물론 자전거도 갖고 싶었지만, 가정 형편상 어렵다는 걸 뻔히 알고 있어서 그걸 사 달라고 졸라 본 적은 한 번도 없었다. 게다가 엄마와 아빠는 자전거를 악마가 만든 사치품이라고 주장할 게 분명했다. 셰이커 교인 집에는 사치품 같은 사악한 물건이 하나도 없어야 했다. 내 눈에는 이 세상이 사치품으로 가득했다. 그런데 엄마가 볼 때는 갖고는 싶지만 살 돈이 없거나 맞바꿀 것이 없는 물건도 사치품이었다.

물론 핑키를 사치품이라고 말할 사람은 아무도 없었다. 눈이 하나라도 달린 사람이라면 이 녀석이 새끼 돼지라는 걸 알 수 있을 테니 말이다. 그것도 앞으로 새끼를 낳을 암

돼지였다. 나는 핑키 배에 있는 조그만 젖꼭지를 세어 보았다. 모두 열두 개였다. 이제 일 년쯤 지나면 핑키는 우리에 누워 있고, 훌륭하게 자랄 열두 마리 새끼는 열심히 젖을 빨고 있을 터였다.

"잘 돌봐 줘야 한다."

"네, 아빠."

"돼지를 잘 돌보려면 바짝 신경 써야 할 거야. 우리도 만들어 줘야 하고, 짚도 넣어 줘야 해."

"우리요?"

"그래, 우리. 그럼 저 녀석을 어디다 재우려고 했니? 네 침대맡에다?"

"그런 건 아니지만 솔로몬이랑 데이지랑 함께 잘 수 있을 거라고 생각했어요."

"돼지랑 소는 한 지붕 밑에서 키울 수 없단다. 셰이커 교본에 그렇게 나와 있어. 그러니까 핑키 우리를 따로 만들어 줘야 해."

"그러죠, 뭐. 그렇게 크지 않아도 될 거예요."

"지금 당장은 그렇겠지. 하지만 앞으로 녀석이 얼마나 클지 생각해 봤니? 아마 눈 깜짝할 새에 70킬로그램이 넘을걸!"

"70킬로그램요? 정말 엄청나네요."

"그럼. 거의 140킬로그램까지 될 거야. 자, 이제 핑키는 내려놓고 울타리나 세우자. 밤에는 데이지랑 멀찌감치 떨어진 우리에 재우고 말이야."

"그건 왜요?"

"돼지가 소 가까이에 있으면 우유가 상해. 그런 건 일반 상식이지."

"왜 그런가요?"

"법칙이 그렇단다."

"셰이커 법칙인가요?"

"그래. 하지만 그보다 더 깊은 뜻이 있어. 데이지 같은 젖소와 핑키 같은 돼지가 야생 동물로 살 때부터 그랬어. 데이지는 핑키 같은 돼지에게 날카로운 이빨이 있다는 걸 알고 있어. 송곳니 말이다. 그리고 돼지는 육식 동물인데 소는 그렇지 않아. 태너 아저씨가 너에게 그놈을 준 건 아마 어미 돼지가 다른 새끼 돼지를 모두 다 잡아먹었기 때문일 거야. 암퇘지는 그런 법이야. 하지만 데이지는 안 그래. 행주치마도 안 그래. 셰이커 법칙과 같아. 한참 거슬러 올라가면 알 수 있단다."

"언제로 거슬러 올라가요?"

"이치가 통하던 시절로 거슬러 올라가는 거지. 요즘 사람들은 전혀 신경 쓰지 않아. 애당초 이해를 못 하니, 엉터리라고 생각할 수밖에."

"이치가 통하던 시절요?"

"그래, 솔로몬은 해질 무렵에 그걸 깨달았지. 하루 종일 가만히 있던 커다란 황소가 바로 그 시간이 되면 고집을 부리거든. 아주아주 오래전 한때 해질 무렵이면 늑대들이 찾아왔기 때문이야. 심지어 늑대를 한 번도 본 적 없는 솔로몬도 알고 있어. 하루 일이 끝나면 소에게 보금자리가 필요하다는 사실을 알고 있는 거야. 한쪽 옆구리를 기대고 다른 쪽을 경계하려면 담이 필요하거든."

"그래서 데이지도 핑키가 근처에 있는 걸 싫어하는 거예요?"

"맞아. 돼지는 사납거든. 만약 네가 핑키를 놓아주면 핑키는 혼자 산속에서 살려고 할 거야. 야생 동물이 되는 거지. 송곳니도 길어져서 사납고 날카로워질 게다. 데이지는 이 사실을 잘 알고 있어. 그래서 불안한 거야. 바로 그것 때문에 우유가 상하게 되는 거지."

"아빠!"

"응?"

"데이지도 그냥 놔 두면 야생 소가 되나요?"

"데이지는 그렇지 않아. 풀어 준다 해도 다른 농장에 있는 소 떼를 찾아갈 거야. 태너 아저씨네 외양간으로 들어갈 수도 있어. 너도 잘 알 거다. 밤이 되면 근처에 있는 불빛을 찾아갈 거야. 노란 불빛이 새어 나오는 따뜻한 가정으로 말이다."

"진짜요?"

"그럼, 진짜지. 언젠가 아빠랑 리드 산 꼭대기에서 텐트를 치고 하룻밤 보낸 거 기억나니?"

"그럼요, 정말 재미있었어요."

"모닥불 피운 것도 기억해? 얼마나 대단했는지도?"

"물론이지요."

"그날 밤 어떤 동물이 우리와 같이 불을 쬐려고 찾아왔지? 불빛을 보고 말이야. 곰이었니?"

"소였어요."

"그때 총이 있었다면 다른 농부의 소중한 젖소를 쏘고 말았을 거야."

"그때 함께 하룻밤을 보낸 뒤, 우리가 그 젖소한테 어떻게 했는지 기억나요, 아빠?"

"새벽녘에 우유를 조금 짜냈지. 그래서 네가 아침 식사로 마실 신선한 우유 한 잔과 내가 커피에 타 먹을 우유 한 숟가락을 얻었잖아."

"그건 도둑질이 아닌가요, 아빠?"

"그렇다고 할 순 없지. 우리 소였다 하더라도 그 정도는 다른 사람과 나눠 먹었을 거야. 게다가 겨우 한 잔에 불과하잖아. 우유를 몽땅 짜낸 게 아니라구."

"하느님이 우리를 용서해 주실까요?"

"그러실 게다. 하느님도 누군가가 블랙커피를 마시며 추운 아침을 맞이하는 걸 바라지 않으실 테니까."

# 4

우여곡절 끝에 핑키가 내 것이 되었다. 그날 아빠와 나는 아침에 시작한 일을 끝내야 했다. 그래서 태너 아저씨가 다녀간 뒤에도 우리는 한참 동안 힘들여서 동쪽 울타리를 고쳤다.

우리가 일하는 내내 핑키는 여느 돼지처럼 땅바닥에 코를 들이박고 내 발뒤꿈치 주위를 킁킁거리며 돌아다녔다. 고양이처럼 내 신발을 하도 비벼 대는 통에 일에 전념하기가 힘들었다. 교회 종소리에 하던 일을 멈추고 점심을 먹으러 집으로 갈 때, 핑키도 초원을 가로질러 집까지 쫓아왔다. 핑키를 부엌에 데려가고 싶었지만, 엄마가 기겁하며 반

대해서 그럴 수가 없었다.

점심을 먹기 전에 접시에다 음식과 우유를 섞어서 핑키에게 주었다. 그건 대부분이 우유였는데 엄청 질퍽했다. 나는 핑키가 처음부터 우유를 먹을 거라고는 생각하지 않았다. 그래서 손가락에 우유를 살짝 묻혀서 빨아먹게 했더니 핑키는 곧장 그릇으로 덤벼들었다. 먹이를 담아 준 그릇은 물론 이가 나간 것이었다. 안 그랬다가는 엄마에게 빼앗겼을 거다.

하지만 엄마와 이모도 지금까지 본 돼지 중에 핑키가 가장 예쁘다는 걸 인정했다.

"핑키라는 이름이 정말 잘 어울리는구나."

엄마가 말했다.

"돼지한테 이름을 지어 주는 건 난생 처음 보네."

이모가 뒤이어 말했다.

"하지만 솔로몬도 이름이 있잖아요. 데이지도 그렇고요."

내가 대꾸했다.

"밥이나 먹자. 온갖 잡초에다 이름을 붙여 줘야 하기 전에 말이다."

아빠가 말했다.

식사가 끝나자 아빠는 핑키와 나를 데리고 헛간으로 갔다. 아빠는 헛간을 두세 차례 돌더니 남쪽 귀퉁이에 가서 멈춰 섰다. 그러더니 한쪽 발을 그루터기에 올려놓고 무릎에 팔꿈치를 괸 채, 낡은 옥수수 곳간을 뚫어져라 바라보았다.

"뭘 하시려구요, 아빠?"

"로버트, 이 옥수수 곳간이 핑키에게 멋진 집이 될 것 같구나. 소 외양간과 가까운 게 좀 흠이긴 하지만."

"가깝다구요? 거의 붙어 있잖아요."

"다행히 바퀴가 달려 있으니 끌어내면 되겠다."

"아니, 아빠! 저렇게 커다란 걸 어떻게 끌어내요? 소도 한 마리밖에 없잖아요."

"솔로몬은 충분히 할 수 있을 거야. 우리가 도와준다면 말이다."

"그럼 우리도 멍에를 메고 솔로몬이랑 함께 끌어야 하나요?"

"아니야, 그런 도움이 아니야. 지혜를 좀 빌려주는 거지. 캡스턴*을 이용해 끌게 하자구."

* 수직으로 된 원뿔형 몸체에 밧줄이나 쇠줄을 감아 그것을 회전시켜 무거운 물건을 끌어올리거나 당기는 기계.

"아빠가 매티 이모네 집에서 우물물을 길어 올릴 때처럼요?"

"그래. 가서 솔로몬을 데려오너라. 발에 차이지 않게 조심하고."

나는 솔로몬의 뿔을 잡고 녀석이 한 발짝 움직일 때 두 걸음씩 내디디며 헛간으로 데려왔다. 그런 다음 멍에와 밧줄을 가지러 창고로 갔다. 단단한 호두나무로 만든 멍에는 무게가 내 몸무게랑 거의 비슷했다. 나는 두 번이나 발이 걸려 넘어지면서도 있는 힘을 다해 멍에를 끌고 나왔다. 그리고 다시 들어가 U자형 멍에와 쐐기도 가지고 나왔다. 그러자 아빠가 기다란 기둥 두 개와 체인, 구멍 파는 도구를 가지고 왔다.

아빠는 옥수수 곳간에서 조금 떨어진 곳에 자리를 잡고 구멍 파는 도구(내 눈에는 아주 큰 코르크 마개 뽑이처럼 보였다)로 땅에 구멍을 팠다. 말총에 자갈을 매달아 구멍 안으로 깊숙이 넣어서 곧게 파였는지 확인했다. 그러고는 아주 단단하게 생긴 기둥 하나를 구멍 깊이 박아 넣었다. 그 기둥은 거의 통나무만 했다. 아빠는 기둥의 둘레가 세 뼘이나 된다고 했다. 캡스턴의 축이 될 기둥이었다.

그런 다음 크랭크 손잡이로 사용할 끌채를 가져왔다. 아빠는 이것을 (평평하게 고른 땅 바로 위에 있는) 축의 구멍에 끼워 넣었다.

"이것으로 옥수수 곳간을 끌어낼 건가요, 아빠?"

"솔로몬이 끌어낼 거다. 솔로몬은 준비됐냐?"

"도와주세요, 아빠. 저 혼자서는 도저히 멍에를 씌울 수가 없어요. 이게 얼마나 나가죠?"

"아마 40킬로그램은 나갈 게다."

"어휴, 그러면 제 몸무게랑 비슷하네요."

"거의 비슷하지."

아빠가 솔로몬에게 멍에를 씌운 다음, 멍에를 캡스턴 크랭크에 연결했다. 이제 준비를 마쳤다.

"너는 황소 한 마리가 저 곳간을 끌지 못할 거라고 생각하니?"

"네, 저건 너무 커요. 제 생각엔 태너 아저씨네 적갈색 벨기에산 말들이 와서 끌어도 꿈쩍 안 할 거예요."

아빠가 솔로몬에게 뭐라고 말하면서 멍에 쪽으로 몸을 구부렸다. 크랭크가 돌아가기 시작했다. 솔로몬이 계속해서 원을 그리며 돌자 체인도 서서히 따라갔다. 체인이 팽팽해지며 땅에서 튀어 올라 철커덕 소리를 냈지만 솔로몬은 아무렇지 않은 듯 걸음을 멈추지 않았다. 한 바퀴 돌고 나자 아빠가 땅에 홈을 파서 솔로몬이 돌 때마다 체인을 타넘지 않아도 되게끔 해 주었다. 채찍질도 필요 없었다. 솔로몬이 자기 혼자 원을 그리며 걷자, 곳간이 기둥 쪽으로 조금씩 끌려왔다.

"저것 봐요, 아빠. 솔로몬이 혼자서 끌고 있어요."

"저 정도는 혼자 할 수 있어. 솔로몬이 말하길, 자기는 돼지가 자기 옆에서 자는 게 싫대. 셰이커 법칙을 지키고 싶대."

"아빠는 셰이커 법칙을 모두 다 지키세요?"

"거의 모두. 셰이커 교본에 다 적혀 있어서 다행이야."

"아빠는 글을 못 읽는데, 그걸 어떻게 아세요?"

아빠가 잠시 나를 내려다보더니, 다시 입을 열었다.

"물론 나는 글을 읽을 수 없어. 하지만 사람들이 읽어 주었지. 읽을 수 없으니까 가슴을 활짝 열고 귀를 기울였단다. 한 번만 들었는데도 그 의미를 다 알았어."

"저는 셰이커 법칙 가운데 마음에 안 드는 게 있어요. 그중에서 가장 마음에 안 드는 건……."

"그게 뭔데?"

"일요일에 야구장에 가면 안 된다는 거요. 제이콥 헨리는 항상 자기 아빠랑 가는데, 왜 우리는 안 되죠?"

"로버트, 그건 셰이커 교본에 어떤 날이든 사치를 해서는 안 된다고 나와 있기 때문이야. 그러니 일요일에는 말할 필요도 없지."

"하지만 우리가 야구를 하는 건 아니잖아요. 그냥 보는 것도 안 돼요? 푸산청 시합을 보고 싶단 말이에요."

"푸산청이 뭔데?"

"푸른 산맥 청년단을 줄인 말이에요. 에선 앨런이라는 사람과 관계가 있는 팀이래요. 아마 그 사람이 주장이나 유격수로 활약한 적이 있을 거예요."

"도대체 무슨 말인지 하나도 모르겠구나."

"책에서 읽었어요. 학교 도서관에 야구 역사에 관한 책이 있거든요. 그 책을 보면 애브너 더블데이에 관한 이야기가 많이 나와요. 하지만 에선 앨런 얘기는 별로 없어요."

"나는 누가 누군지 하나도 모르겠다."

"아빠도 그 책을 봤다면 에선 앨런이 별 볼일 없는 사람이라고 여겼을 거예요. 그리고 애브너 더블데이가 얼마나 위대한 사람인가도요. 하지만 그것 때문에 말콤 선생님의 역사 시험을 망쳤어요."

"아니, 엄마랑 나한테는 네가 반에서 역사 시험을 가장 잘 봤다고 했잖니? 그럼 그게 거짓말이었단 말이냐, 로버트?"

"아니에요, 아빠. 제가 가장 높은 점수를 받았어요. 99점요. 백 문제가 나왔는데, 한 문제만 틀렸거든요. 버몬트 역사상 가장 중요한 역할을 한 버몬트 사람이 누구냐 하는 문제였어요. 정답은 다른 사람이었어요. 하지만 전 그 책을 읽었기 때문에 애브너 더블데이라고 썼어요."

"에선 앨런이었구나."

"맞아요, 아빠. 어떻게 아셨어요?"

"그냥 추측한 거다."

"저도 추측했어요. 하지만 틀렸어요. 말콤 선생님이 시험지를 돌려주면서 웃더라구요."

"왜?"

"제가 애브너 더블데이라고 쓴 것 때문에요."

"아, 그래!"

솔로몬은 계속 원을 그리며 돌면서 축으로 박은 기둥 가까이로 낡은 곳간을 끌어당겼다. 이제 기둥에는 검은 체인이 두툼하게 감겼다. 이 늙은 황소는 정말 대단했다. 마치 얼레에 연줄을 감듯이 굵다란 체인을 술술 감았다.

"아빠, 말콤 선생님처럼 역사를 많이 아는 사람이 애브너 더블데이같이 위대한 사람을 모르다니 정말 우스워요. 그 사람이 누구냐고 저에게 물을 정도니 말이에요."

"그래서 자신 있게 얘기했겠구나."

"그야 물론이지요. 그렇지만 확실한 건 선생님이 두 사람 가운데 에선 앨런을 더 좋아한다는 거예요. 아빠는 누가 더 좋아요?"

"솔직히 말해서 누가 더 좋은지 모르겠구나."

"하지만 말콤 선생님은 확실히 말했어요. 우리가 버몬트 같이 자유로운 곳에서 살고 있으니까 에선 앨런과 푸산청을 자랑스러워해야 한다고요. 에선 앨런이 이끌었던 야구단이 푸산청이에요."

"역사 얘기를 들으면 머리에 뿌옇게 안개가 끼는 것 같아. 도대체 무슨 소린지 알아들을 수가 없어."

아빠가 체인이 감겨 불룩해진 기둥을 보면서 말을 맺었다.

"저는 역사 얘기를 아주 좋아해요. 한번 들으면 무슨 얘긴지 알아들을 수 있어요. 에선과 그가 이끌었던 야구단만 빼구요. 그 야구단은 티콘데로가에서 이겼어요."

"나도 그건 알고 있다."

"말콤 선생님도 안대요. 윌 스토더드가 등을 콕콕 찔러서 잘 듣지는 못했는데, 이것만은 기억해요. 에선이 한밤중에 푸산청을 이끌고 호수를 건너 티콘데로가에 도착한

다음, 요새에서 밤을 지냈대요."

"나는 침대 밑 성서함에 들어 있는 가족 성서랑 셰이커 교본에 적혀 있는 역사만 알면 되니 정말 다행이구나."

"저 곳간을 이쪽으로 옮기는 것도 역사 때문인 것 같아요. 그렇지 않아요, 아빠?"

"그런 것 같구나."

"오래전에 누군가가 셰이커 법칙을 어기고 소랑 돼지를 한 우리에 넣어서 둘이 엄청나게 싸운 게 분명해요."

"그런가 봐."

"누가 이겼는지 궁금해요."

"수퇘지에겐 날카로운 이빨이 있으니……."

"그게 아니라, 에선 앨런과 애브너 더블데이가 싸우면 말이에요. 말콤 선생님이 누구를 응원할지 뻔해요."

"에선 앨런?"

"그야 물론이지요. 선생님은 우리는 모두 버몬트 사람이니까 현재와 마찬가지로 우리 과거를 자랑스러워해야 한다고 했어요."

"그게 무슨 말이니?"

"제 생각엔 버몬트에 사는 것과 에선 앨런을 자랑스러워해야 한다는 말 같아요. 하얀 집에 사는 사람에 대해서도요."

"러닝 마을에는 하얀 집에 사는 사람이 많아."

"선생님은 캘빈 쿨리지를 말하는 거 같아요. 그 사람을 자랑스럽게 여겨야 한다구요."

"그야 물론이지. 우리 나라 대통령인데."

"말콤 선생님은 캘빈 쿨리지에게 투표했대요. 그래서 그 사람이 대통령이 됐대요. 버몬트에 사는 사람은 모두 그 사람을 찍었다던데요."

"모두 그런 건 아니야."

"아빠도 그 사람을 찍었나요?"

"아니."

"아빠는 공화당을 지지하지 않나요? 러닝 마을 사람들은 모두 공화당 편이잖아요."

"아니, 나는 공화당을 지지하지 않아. 그렇다고 민주당을 지지하는 것도 아니야. 아무 편도 아니란다."

"왜요?"

"투표를 할 수 없기 때문이지."

"저도 그래요. 스물한 살이 되어야 투표를 할 수 있잖아요. 전 이제 겨우 열두 살인걸요."

"나는 곧 예순을 바라보는 나이야."

"그런데 왜 투표를 할 수 없어요? 셰이커 교인이기 때문인가요?"

"아니, 글을 읽을 줄 모르기 때문이야. 그런 걸 못 하면 사람들은 머리가 비었다고 생각한단다. 아무리 다른 걸 다 잘해도 말이다."

"누가 그걸 결정해요?"

"나를 빤히 바라보고, 있는 그대로의 나를 받아들이지 않는 사람들. 내가 이름을 적을 수 없어서 × 표시를 하는 것만 보는 사람들. 이 사람들은 내가 헛간을 얼마나 튼튼하게 짓는지, 그리고 우리 밭에 옥수수를 울타리처럼 얼마나 가지런히 심어 놓는지는 못 봐. 아내가 만들어 준 옷을 입고 러닝 읍내를 걸어다니는 나만 보지. 그 사람들은 내 외투가 질기고 따뜻하다는 사실에는 관심이 없어. 내가 빚도 하나도 없고 누구한테도 신세지지 않는다는 사실은 신경도 쓰지 않을 거야."

"그게 투표를 할 수 없는 이유예요, 아빠?"

"응, 바로 그 이유 때문이야."

"속상하지 않으세요?"

"그렇지 않아. 나는 나를 있는 그대로 받아들여. 네 엄마나 이모, 네 누이들, 그리고 너와 나 우리 모두는 검소하게 살아야 하는 기독교인이야. 우리는 셰이커 교본대로 살고 있잖니. 속세에 찌든 사람들이 아니라고. 그래서 세속적인 갈망이나 욕심 때문에 고통받지 않아. 그런 것 때문에 속상하진 않단다. 나는 부자야. 가난한 건 그 사람들이지."

"우리는 부자가 아니에요, 아빠. 우리는……."

"아니야, 우리는 부자야. 우리에겐 서로 사랑하고 아껴 주는 가족이 있고, 농사지을 땅이 있어. 그리고 언젠가는 이 땅이 완전히 우리 것이 될 거야. 여기 이렇게 체인을 감으며 우리의 짐을 덜어 주는 솔로몬도 있고. 저기를 봐라, 벌써 곳간을 거의 다 끌어냈잖니? 그리고 날마다 따뜻한 우유를 주는 데이지도 있고. 세수도 하고 더러운 때도 벗기게 하는 비도 있어. 우리는 해가 지는 것을 볼 수 있어. 황혼은 눈가를 촉촉이 적시며 마음을 바쁘게 만들지. 바람에 실려 오는 음악을 듣노라면 나도 모르게 발장단을 맞추게 된단다. 바이올린처럼."

"그럴 수도 있겠지요, 아빠. 하지만 제가 보기에 우리가 가진 거라곤 흙과 일밖에 없는 것 같아요."

"그 말이 맞아. 하지만 그건 곧 우리 흙이 될 거야. 이제 몇 년만 지나면 이 땅은 모두 우리 것이 될 거야. 중요한 건 우리에게 일을 할 만한 힘이 있다는 사실이야. 언젠가는 나도 클레이 샌더 도살장에서 돼지를 한 마리도 죽이지 못하는 때가 오겠지. 하지만 지금은 해야 할 일이기에 한단다. 그게 내 임무니까."

"아빠, 교회에서 예배 볼 때 설교하던 그런 임무요?"

"그래. 모든 사람은 자기에게 주어진 임무에 충실해야 해. 내 임무는 돼지를 잡는 거야. 그리고 그림 속의 일부가 될 수 있어서 아주 고맙게 생각한단다."

"무슨 그림요?"

"버몬트의 그림. 버몬트가 왜 살기 좋은 지방인지 아니?"

"아니, 몰라요."

"그건 아주 간단해. 이 지방에 살면 두 가지를 확실히 알 수 있게 돼. 천지에 깔린 풀을 우유로 바꿀 수 있다는 것과 옥수수로 돼지를 키울 수 있다는 것 말이다."

"네, 그런 것 같아요."

"그럼."

솔로몬은 마치 자기가 한 일을 자랑스러워하듯이 계속 돌면서 킁킁거렸다.

"이곳은 옥수수도 잘되고, 풀도 아주 많아요. 저렇게 많은 풀과 옥수수를 우유와 돼지로 바꿀 수만 있다면, 우리가 계속 그렇게 할 수만 있다면 좋을 거예요. 적어도 눈 앞에 보이는 풀과 옥수수만이라도……."

"모든 사람들이 너처럼 몽상가라면 몰라도 그렇게는 안 될 게다. 솔로몬도 몽상가지만 열심히 일하고 있잖니. 저 봐라, 곳간을 얼마나 끌어냈는지. 꽤 많이 왔어."

도저히 믿을 수 없었다. 아빠와 얘기를 나누는 사이에 솔로몬은 낡은 곳간을 아빠 키의 두 배나 되는 거리만큼 옮겨 놓았다. 잠시 뒤 아빠는 핑키가 겨울을 날 수 있게끔 갓 자른 목재를 곳간에 덧대었다.

"아빠?"

"응?"

"갓 자른 목재를 그냥 쓰세요?"

"그래."

"쓰기 전에 말려야 하잖아요."

"집 안에서 쓰는 거라면 그래야지. 하지만 밖에 세우는 나무는 저절로 마른단다."

아빠는 새 판자의 양쪽 끝과 낡은 나무에 구멍을 냈다. 그런 다음 아마씨 기름에 담가 두었던 하얀 참나무 못을 나무망치로 각 구멍에 박았다. 마침내 돼지우리가 완성됐다.

핑키는 우리 집 식구가 된 첫날 밤을 그곳에서 보냈다.

핑키가 엄마 품을 떠나 낯선 곳에서 외로워할 것 같았기 때문에 나도 함께 잤다. 우리는 깨끗한 지푸라기 속에 함께 들어가서 자리를 잡았다. 태너 아저씨네 말이 쓰던 낡은 담요를 덮었다.

그날 밤 핑키 옆에 누워 있으니, 러닝 마을에서 가장 운 좋은 아이는 바로 나라는 생각이 들었다.

# 5

다음 날은 일요일이었다.

엄마, 아빠, 이모 그리고 나, 우리 네 사람은 당연히 셰이커 교회에 갔다. 우리는 솔로몬이 끄는 마차를 타고 갔다. 솔로몬은 읍내와 집으로 오가는 내내 마차를 끌었다. 정말 화창한 일요일이었고, 모든 게 완벽했다. 가장 좋았던 것은 예배 볼 때 남몰래 베키 테이트를 훔쳐볼 수 있는 자리에 앉았다는 것이다. 물론 베키는 나를 볼 수 없는 자리였다.

그날 오후에는 핑키와 함께 태너 아저씨네 땅과 우리 땅이 나눠지는 산등성이까지 산책을 갔다. 행주치마와 마주

친 곳 근처에는 얼씬도 하지 않았다. 당장은 그곳에 가고 싶지 않았다. 거기에 가면 나도 모르게 비명이 터져 나올 것 같았다.

4월이 좋은 점은 여기저기에 작은 개울이 생긴다는 거다. 가문비나무가 울창했던 곳에는 아직도 여기저기 눈이 남아 있었고, 땅은 여전히 겨울처럼 꽁꽁 얼어 있었다. 하지만 그런 곳은 몇 군데뿐이었다. 거의 모든 땅이 환한 햇살을 받고 있었다. 땅은 부드러운 갈색으로 변하며 새싹 틔울 채비를 하고 있었다.

핑키가 낙엽을 뒤적거리다가 지난가을에 떨어졌던 호두를 찾아냈다. 분홍빛 작은 코로 킁킁거리며 한동안 냄새를 맡더니, 이빨로 껍질을 까려고 했다. 하지만 껍질은 까지지 않았다. 핑키의 노력이 부족해서 못 깐 건 아니었다. 나는 평평한 바위에 호두를 올려놓고 돌멩이로 내려친 다음 알맹이를 핑키에게 먹였다. 우리는 주위를 좀 더 둘러보며 호두 몇 알을 찾아냈다. 핑키는 호두를 좋아하는 것 같았다. 내가 호두를 깨려고 멈춰 설 때마다 바위에 코를 대고 기다렸다.

개울 하나는 폭이 한 뼘밖에 안 됐지만 물살은 빨랐다. 해마다 봄이면 즐겨 만들던 것을 만들기에 딱 좋은 곳이었다.

"핑키, 물레바퀴 본 적 있니? 내가 만들어 볼 테니까 잘 지켜보라구."

나는 두 갈래로 뻗은 나뭇가지 두 개를 주워서, 갈래가 난 쪽을 위로 한 채 개울 양쪽 진흙에 하나씩 질러 박았다. 축이 잘 돌아가도록 양 갈래 사이에 각각 진흙 한 줌씩을 올려놓고 참피나무 축을 그 위에 얹었다. 그런 다음 가느다란 널빤지 서너 개를 구해서 참피나무 축에 끼워 넣었다. 작은 판들이 물에 닿아 돌아가게끔 양쪽에 있는 나뭇가지를 진흙 깊숙이 찔러 넣자 마침내 물레바퀴가 돌아가기 시작했다. 작은 개울의 힘찬 물길이 물레바퀴를 신나게 돌렸다.

핑키는 잠시 물레바퀴를 지켜보았지만 호두에만큼 관심을 보이지는 않았다.

핑키는 확실히 내 돼지였다. 내가 갈색 가문비나뭇잎이 수북이 쌓인 곳에 누워 있는 동안 핑키는 혼자 잘 돌아다녔다. 하지만 한 번도 멀리 가진 않았다. 옆으로 누여 놓은 통을 있는 힘껏 걷어찼을 때 굴러갈 수 있는 곳 이상을 벗어나지 않았다. 한번은 조금 먼 곳까지 갔는데, 호두나무 위에 앉아 있던 커다란 까마귀가 갑자기 까악까악 하며 울부짖자, 화들짝 놀라서 꽥꽥거렸다. 그러고는 귀신이 쫓아오기라도 하는 것처럼 황급히 내게 달려왔다. 핑키는 사방에 온통 침을 튀겨 대며 내 품에 안기고 나서야 꽥꽥거리기를 멈췄다. 나는 핑키를 따뜻하게 감싸 주었다. 하나밖에 없는 내 돼지였다.

까마귀한테 혼쭐난 핑키는 얼마 지나지 않아 물레바퀴 근처 물가를 어슬렁거렸다. 그러다가 개구리를 밟을 뻔했다. 개구리가 갑자기 팔짝 뛰자, 핑키도 깜짝 놀라 펄쩍 뛰었다. 개구리가 핑키를 놀라게 한 건지, 핑키가 개구리를 놀라게 한 건지 분간할 수 없었다. 개구리란 놈은 한번 팔짝 뛰고 나면, 그 자리에 가만히 앉아 있는 법이다. 그놈도 마찬가지였는데, 마치 핑키가 다가오기를 기다리는 것 같았다.

하지만 오래 기다릴 필요는 없었다. 핑키가 용기를 내서 냄새를 맡을 수 있을 만큼 가까이 다가가자, 개구리가 다시 팔짝 뛰었다. 핑키는 조금 뒤로 물러날 뿐, 이번에는 펄쩍 뛰지 않았다. 조그만 개구리를 달아날 만큼 무서워할 필요는 없다고 생각한 게 분명했다. 핑키가 계속해서 쫓아가자 개구리는 팔짝팔짝 뛰어 달아났다. 꽤 볼 만한 광경이었다.

개구리가 핑키만 생각하고 바쁘게 달아난 건 커다란 실

수였다. 나무 위에 앉아 술래잡기 놀이를 지켜보던 늙은 까마귀를 깜빡 잊은 것이다. 똑똑한 까마귀는 먹잇감을 오랫동안 지켜 볼 필요가 없었다. 커다란 검은 돌멩이처럼 호두나무에서 쏜살같이 내려오더니 발로 개울물을 튕기며 내려앉아 개구리를 날카로운 부리로 한 번에 물었다. 급소를 정통으로 문 것이다.

핑키가 깜짝 놀라 펄쩍 뛸 즈음, 개구리는 이미 하얀 배를 뒤집은 채 까마귀 입 속으로 사라지고 있었다. 꽤 맛있었을 것이다. 나도 여름이면 황소개구리를 잡아 뒷다리를 구워 먹은 적이 많기 때문에 잘 알고 있었다. 닭고기처럼 개구리도 먼저 껍질을 벗겨 내야 한다. 그렇게 하지 않으면 개구리 고기는 진짜 미끈미끈하다. 그리고 개구리는 뒷다리만 먹을 수 있다. 앞다리는 그냥 닭에게 던져 주어야 한다.

뒷다리밖에 못 먹는다는 게 안타까웠다. 그래서 한번은 아빠랑 개구리 사냥을 하다가 물어본 적이 있다.

"아빠, 왜 뒷다리만 먹어야 돼요? 앞다리도 먹을 수 있으면 좋을 텐데요."

그러자 아빠가 대답했다.

"로버트, 그럼 이렇게 해 보렴. 큼직한 황소개구리를 잡아서 친해진 다음, 뒤로 뛰는 법을 가르치는 거야. 그러면 앞다리도 뒷다리만큼 통통하게 살이 찔 테니 먹을 수 있을 게다."

그래서 나는 아빠가 시킨 대로 해 보았다. 다음 날 웅덩이로 나가서 커다란 황소개구리를 잡아 아침 내내 뒤로 뛰는 법을 죽어라 하고 가르쳐 주었다. 그래야 앞다리에 통통하게 살이 오를 테니까. 하지만 그건 애당초 불가능한 일이었다. 개구리는 단 한 번도 뒤로 뛰지 않았으니 말이다. 일 년이 가도 좀처럼 웃지 않는 아빠가 그때만큼은 환하게 웃었다.

나는 무심결에 그 이야기를 핑키에게 다 해 주었다. 핑키가 아빠만큼 즐거워하는지는 잘 모르겠지만, 어쨌든 재미있어하는 것 같았다.

"핑키야, 어때? 저녁 식사로 개구리 한 마리 먹어 볼래?"

핑키가 좋다는 듯이 우스꽝스럽게 생긴 작은 눈으로 쳐다보았다. 우리는 물레바퀴를 그냥 내버려 두고 산등성이를 내려와 웅덩이로 향했다. 거기는 내가 뒤로 뛰는 법을 가르치려고 개구리를 잡았던 곳이다. 개구리가 많은 곳이라서 이번에도 개구리를 잡아 핑키에게 뒷다리 맛을 보여 줄 수 있을 것이다.

나는 웅덩이에 다다르자마자 돌덩이를 뒤집으며 개구리를 찾기 시작했다. 하지만 한 마리도 눈에 띄지 않았다. 핑키는 내가 돌덩이와 물풀을 뒤지면서 돌아다니는 걸 보더니 자기도 직접 찾아보겠다고 마음먹은 듯했다. 물가의 돌멩이 사이로 작은 코를 처박더니, 단번에 뭔가를 찾은 것 같았다. 뭔가가 핑키를 뒤로 펄쩍 뛰어오르게 만들었다. 하지만 개구리는 아니었다.

핑키가 비명을 질러댔다! 집게발 한 마리가 핑키의 코를 꽉 물고 있었다. 수업 시간에 말콤 선생님은 그걸 가재라고 불렀다. 하지만 그놈한테 발가락을 한번 물려 본 사람이라면 집게발이 아주 강력하다는 사실을 알 수 있을 것이다. 핑키 코를 물고 놔 주지 않는 집게발은 이름값을 톡톡히 하고 있었다. 나는 그놈을 홱 잡아채서 연못으로 던졌다. 그래도 핑키는 계속해서 비명을 질러 댔다. 코를 제대로 물린 게 분명했다.

핑키와 나는 다시 높은 산등성이로 올라가, 태너 아저씨네 농장을 굽어보았다. 모든 게 풍요로워 보였다. 길게 늘어선 헛간에는 하얀색 페인트가 칠해져 있고, 하얀색 울타리는 오솔길을 따라 죽 늘어서 있었다.

커다란 하얀 집 옆으로 조그만 초원이 펼쳐졌다. 그곳

에서 행주치마와 쌍둥이 송아지가 노닐고 있었다. 행주치마를 보기만 해도 팔에서 통증이 느껴졌다. 아직 상처에는 실밥이 남아 있었다. 아마 상처는 내가 죽어 없어질 때까지 영원히 남아 있을 것이다. 엄마는 실밥을 뜯어낼 때가 되더라도 나에게 아무 말도 하지 않을 게 분명했다. 하지만 나는 일부러 그 얘기를 꺼내지 않을 거고, 또 그럴 마음도 없었다. 꿰맬 때만큼은 아니겠지만 실밥을 뽑을 때 역시 아플 테니 말이다. 팔에 박혀 있는 실밥을 어떻게 빼내는지 잘 모르겠다. 어쩌면 살을 조금 찢어 내야 할지도 모른다. 다시는 그런 일을 겪고 싶지 않았다.

보브와 비브가 어미를 졸졸 따라다니는 걸 혼자 바라보는 게 꽤 재미있었다. 보브는 내 이름을 따서 지었다. 내 진짜 이름은 로버트 펙이지만 보브라고 불릴 때가 많았다. 제이콥 헨리도 나를 보브라고 불렀다.

내 이름은 로버트 로저스를 본떠서 지은 거다. 근방에서 인디언을 물리쳐 명성이 자자한 사람이었다. 지금은 죽었지만, 당시 버몬트나 뉴욕 주에 살고 있던 이로쿼이 인디언들은 로버트 로저스 소령 이름만 들어도 무서워서 벌벌 떨었다고 한다. 일설에는 그가 토박이 셰이커 교인이라는 말도 있다. 아빠랑 나처럼 말이다. 하지만 그는 셰이커 옷을 입지 않았다. 대체로 인디언 옷을 입고 다녔는데, 양말도 신지 않은 채 사슴 가죽으로 만든 셔츠와 바지만 입었다고 한다.

로버트 로저스 소령은 아주 유명한 사람이다. 얼마나 유명한지 호수를 건너 티콘데로가로 가다 보면 그의 이름을 딴 커다란 바위가 있을 정도다. 언젠가 인디언들이 조지아 호수 서쪽으로 로버트 소령을 바짝 쫓아왔을 때, 소령이 그 바위를 타고 미끄러져 내려와 인디언들을 따돌렸다고 했다. 말콤 선생님 말에 따르면 로버트 소령은 그 일 때문에 유명해졌다고 한다.

"핑키, 내 이름이 로버트 로저스 소령 이름을 따서 지은 거라는 사실 아니? 그리고 그 사람이 나랑 너처럼 셰이커 교인이라는 것도?"

내가 물었다.

핑키는 그 사실을 아는지 모르는지, 아무 표정이 없었다. 그저 고사리 덤불을 이리저리 쑤시고 다녔지만 아무것도 찾지 못했다. 그래서 나는 계속해서 로버트 로저스에 대해 이야기했다.

"로버트 소령이 그렇게 도망쳤단다, 핑키. 물론 역사책에 나와 있는 이야기나 사람들이 하는 이야기를 종합해 보면 그렇게 도망칠 필요가 없었지. 뒤돌아서서 일대일로 싸워 마지막 인디언까지 죽일 수 있었을 거야. 그래서 모두 바위 아래로 내던질 수 있었을 거라고. 로저스 바위라고 부르는 바위 밑으로."

할아버지가 살아 계실 때 나는 로버트 로저스에 대해 들은 이야기를 죄다 할아버지에게 말하면서, 로버트 소령이 얼마나 인디언을 싫어했는지 알려 주었다. 그러자 할아버지는 그가 인디언을 모두 싫어한 건 아니라고 했다. 이 근방 인디언 여자들 가운데 많은 이들이 로버트 소령을 닮은 아이를 낳았기 때문이다. 그들 모두 소령을 꽤 좋아했다.

어쨌든 로버트 소령은 멋진 사람임이 확실했다. 그래서 나는 그 사람의 이름을 따온 게 자랑스럽다.

"이제 가자, 핑키. 일할 시간이야. 너랑 데이지랑 솔로몬에게 먹이를 줘야 해. 빨리 집에 안 가면 큰일 나. 아빠한테 혼난단다. 허드렛일은 내 임무지 아빠 임무가 아니거든."

나는 집을 향해 전속력으로 산등성이를 달려 내려왔다. 핑키가 제대로 따라오나 궁금해서 뒤를 돌아보았다. 뒤처지지 않고 열심히 따라오고 있었다. 나는 북쪽 초원을 가로질러 쉬지 않고 개울가까지 달렸다. 그곳에서도 멈추지 않았다. 그냥 뛰어올랐다. 공기를 가르며 건너편에 사뿐히 뛰어내렸다. 핑키는 한 번에 뛰어넘지 못했다. 하지만 화가 난 것처럼 빠르게 물살을 헤치며 건너왔다. 발굽을 내디딜 때마다 은빛 물방울이 이리저리 튀어 올랐다.

"빨리 와라!"

엄마가 헛간 앞에서 외쳤다. 헛간 안, 데이지가 있는 따스한 벽 옆에는 건초 더미로 만든 보금자리가 하나 있었다. 보금자리 안에는 우리 고양이 '미스 사라'와 어디서나 볼 수 있는 새끼 고양이 세 마리가 들어 있었다. 한 마리는 자기 엄마처럼 반점이 있었다(이 녀석이 살아남는다면 암놈일 것이다. 수놈 점박이는 모두 죽는다). 또 한 마리는 호랑이 무늬가 있는데, 이놈이 제일 큰 놈이 되기 쉽다. 마지막 한 마리는 등과 뒷다리에만 황갈색 줄이 있고 나머지는 새하얬다. 녀석들은 보기에도 삼남매다웠다.

미스 사라도 그 사실이 아주 기분 좋은 듯 보금자리 안에 누워서 쉴새없이 야옹거렸다. 마치 목구멍에 모터가 달려 있어 쉬지 않고 돌아가는 것 같았다. 그리고 새끼 고양이 세 마리는 우유로 촉촉이 젖은 코를 어미 배에 파묻고 젖을 빠느라 정신이 없었다.

"저 봐라, 핑키야."

나는 핑키가 사라와 새끼들을 볼 수 있도록 들어 올려

주며 말했다.

그러자 엄마가 말을 받았다.

"고양이가 새끼를 아무리 여러 번 낳아도 볼 때마다 신비롭구나."

# 6

6월이 왔다. 오늘 방학을 했기 때문에 나는 마냥 즐거웠다.

그날 오후는 몹시 더웠다. 하지만 나는 기말고사 성적표를 접어서 주머니에 넣고 집까지 계속 달려갔다. 날이 건조해 흙먼지가 퍽퍽 날렸다. 맨땅을 따라 돌멩이들을 걷어차며 가지 않고, 폭신폭신한 푸른 풀밭을 가로질러 가는 게 즐거웠다.

오른편 저 멀리로 마차 한 대가 읍내를 향해 기다란 언덕을 내려가는 게 보였다. 누구네 말인지, 누가 마차를 모는지 전혀 알 수가 없었다. 마차가 흙길을 따라 움직이자 그 뒤로 자욱한 먼지구름이 일었다. 마치 마차가 기다란 잿빛 먼지 뱀한테 쫓기는 듯 보였다. 마부는 외투를 벗고 팔소매를 걷어붙인 채 마차를 열심히 몰았다. 이사도어 크룩생크 아저씨인 듯했지만 확신할 수는 없었다.

마차가 굽은 길을 돌아 사라질 때까지 지켜보았다. 이윽고 먼지 뱀도 사라졌다. 마차가 언제 지나갔냐 싶었다.

저만치 4백 미터 앞에 솔로몬이 옮겨 놓은 옥수수 곳간이 보였다. 판자 사이의 틈을 메우기 위해 이쪽 끝에서 저쪽 끝까지 새로 댄 판자들이 줄무늬 같았다. 가까이 다가가니 닭 한 마리를 뒤쫓고 있는 펑키가 보였다.

"펑키!"

내가 소리쳤다. 그러나 거리가 너무 멀어서 듣지 못한 것 같았다. 그래서 다시 달려갔다. 하지만 6월의 날씨가 어찌나 더운지 오래 달릴 수가 없었다.

좀 더 가까이 다가가서 펑키를 다시 불렀다. 이번에는 펑키가 알아듣고 나를 맞이하러 나왔다. 몸통이 엄청나게 커졌다! 세상에나, 펑키의 몸통이 엄청 커졌다! 우리 집에 온 지 겨우 10주밖에 안 지났는데 벌써 내 몸집과 거의 비슷해졌다. 내가 풀밭에 드러눕자 펑키가 다가와 얼굴을 들이댔다. 펑키는 나만 보면 항상 웃는 것 같았다. 아니, 늘 웃는 게 확실했다. 꽃이 해를 향해 웃듯이 많은 것들이 웃는다. 한 가지 분명한 사실은 내가 핑키를 보며 웃듯이 핑키도 나를 보며 웃는다는 거다.

나는 풀밭에서 일어나 집 쪽으로 뛰었다. 핑키가 뒤따라 달려왔지만 예전만큼 빠르지 않았다. 몸무게가 느는 것은 좋은 일이지만 그 때문에 많이 느려졌다. 울타리에 도착하자 엄마가 현관에 서서 집으로 오라고 손짓했다. 나는 학교 갈 때의 옷차림으로 핑키와 풀밭에서 뒹구는 모습을 엄마가 보지 않았기를 바랐다.

"얘야, 누가 왔는지 보렴."

내가 집 안으로 들어서자 엄마가 말했다.

화려한 꽃무늬 드레스를 입은 여자가 속을 울렁거리게 하는 진한 향수 냄새를 풍기며 의자에 앉아 있었다. 바로 매티 이모였다.

매티 이모는 러닝 읍내에 살면서 한 달에 한 번씩 엄마를 찾아왔다. 실은 캐리 이모처럼 진짜 이모는 아니다. 먼 친척인 듯했다. 내가 알기로 이모는 러닝 읍내로 이사 오기 전에 다른 두 곳에서 살았다고 한다. 어쨌든 진짜 이모는 아니다. 엄마와 캐리 이모의 친구일 뿐이다. 그래서 매티 이모가 오면 엄마와 이모는 좋은 찻잔을 꺼내서 대접했다. 그래도 나는 매티 이모 또는 매트 이모라고 불렀다. 진짜 이름은 마서 플로버였다.

"안녕하세요, 매티 이모?"

"어이구, 저 키 좀 봐라. 장대처럼 쑥쑥 자라고 있구나."

매티 이모가 나만 보면 하는 소리였지만 들을 때마다 항상 기분이 좋았다.

"고맙습니다."

그 말과 동시에 바로 핑계를 대고 그 자리에서 빠져나와 옷을 갈아입고 농장일을 시작했더라면 좋았을걸! 그렇게 하지 못한 건 그날 최고의 실수, 아니 그해 여름 최고의 실수였다.

바보같이 그 자리에서 기말고사 성적표를 꺼낸 것이다.

나는 성적표를 엄마와 캐리 이모에게 보여 주었다. 두 분은 글을 모르지만, '수' 정도는 알고 있었다. 나는 지리와 받아쓰기, 읽기, 수학, 역사에서 '수'를 받았다. 유일하게 국어에서만 '양'을 받았다. 하지만 굳이 그 사실을 두 분에게 말할 필요는 없을 터였다. 그래서 엄마와 캐리 이모는 '수'가 잔뜩 있는 것을 보고 잘했다고 칭찬해 주었다.

내가 성적표를 매티 이모에게 보여 주었을 때 문제가 생기고 말았다. 이모는 글을 읽을 줄 알았다. 하지만 '수'라는 글자는 읽을 줄 몰랐다. 수가 아무리 많아도 소용없었다.

이모가 읽을 수 있는 글자는 '양'밖에 없었는데 국어에 '양'이라고 적혀 있었다.

"아니, 국어가 '양'이잖아!"

매티 이모는 '양'을 받은 아이는 생전 처음 봤다는 듯이 어이없는 표정을 지었다. 나는 매티 이모가 그 충격으로 죽을지도 모른다고 생각했다. 마치 유령을 본 것 같았다. 하긴 유령이 있긴 했다. 그건 말콤 선생님이 내 성적표에 큼지막하게 써 놓은 까만 글자 '양'이었다. 그런데 이 글자는 불쌍한 매티 이모가 도저히 견딜 수 없는 글자였다. 이모는 한숨을 푹 내쉬더니, 슬퍼서 견딜 수 없다는 표정으로 손을 목에 갖다 댔다.

"국어가 '양'이라니……."

매티 이모는 모두 확실히 알아듣도록 다시 한 번 말했다.

갑자기 나 때문에 우리 식구 모두가 망신을 당하는 것 같았다. 국어에서 '양'을 받는 건 너무 망신스러워 도저히 견딜 수 없는 일이라는 생각이 들었다.

매티 이모가 말했다.

"그렇다고 세상이 다 끝난 건 아니야. 치료약이 있으니까."

치료약! 그 말을 들으니 정말 끔찍했다. 엄마는 겨울과

봄만 되면 이런저런 이유로 언제나 나에게 치료약 한 숟가락을 먹였다. 그 약을 먹으면 수시로 화장실을 들락날락해야 했다. 아침, 점심, 저녁에 한 번씩 말이다. 어쩔 때는 각각 두 번씩 가기도 한다. 엉덩이에 불이 난 듯 화끈거려 아주 기분이 나빴다.

"재한텐 튜터가 필요해."

매티 이모가 엄마와 캐리 이모에게 말했다.

안도의 한숨이 저절로 나왔다. 나는 투터가 뭔지 알고 있었다. 제이콥 헨리에게도 투터가 하나 있었다. 진짜 이름은 코넷인데, 제이콥은 학교 밴드부에서 그것을 불었다. 하지만 제이콥 헨리는 그것을 투터라 불렀다. 어쨌든 나는 귀를 잡힌 채 부엌으로 질질 끌려가 치료약을 먹지 않아도 된다는 사실에 안심했다. 제이콥이 부는 걸 보면 코넷은 그다지 좋아 보이지 않았다. 코넷을 연주하는 건 쉽지 않았다. 하지만 치료약을 먹고 화장실로 뛰어가는 것에 비하면 훨씬 나았다.

"내가 재를 위해 튜터를 할게."

매티 이모가 말했다.

그 말을 들으니 갑자기 웃음이 터져 나왔다. 뚱뚱한 매티 이모가 꽃무늬 옷에 목걸이를 한 모습도 이상한데, 제이콥처럼 두 볼을 한껏 부풀린 채 코넷을 분다고 생각하니 도저히 웃음을 참을 수 없었다. 고등학교 밴드부가 행진할 때나 볼 법한 일이다. 매년 7월 4일에 매티 이모가 은빛 코넷을 입에 물고 러닝 읍내를 행진한다고 상상하니 배꼽 빠지게 웃음이 나올 수밖에 없었다.

하지만 분위기를 제대로 파악하지 못한 건 바로 나였다. 매티 이모는 내가 웃는 걸 도저히 참을 수 없어 했다. 국어에서 '양'을 받은 사람은 즐거워할 자격도 없었다. 뒤이은 이모의 한마디에 나는 웃음을 딱 멈췄다.

"국어가 '양'이야! 웃어넘길 문제가 아니야. 다음에는 '가'가 될 수도 있어. 그럼 어떻게 되는지 알아? 낙제야, 낙제! 한 학년을 꿇어야 한다는 뜻이지. 시간이 없어. 오늘부터 튜터를 해야겠어. 지금 당장 말이야. 이리 와, 로버트."

매티 이모가 자리에서 일어나 두툼한 손으로 나를 잡더니, 다른 손으로는 펄럭거리는 백을 집어 들었다. 장난 같지가 않았다. 매티 이모가 나를 거실로 끌고 갈 때 철렁이며 부딪치는 팔찌 소리가 그걸 입증하고 있었다. 그래도 난 괜찮았다. 매티 이모가 코넷을 분다면 더없이 재미있을 테니 말이다.

매티 이모가 나를 참나무 등받이 의자에 강제로 밀어 앉히며 말했다.

"문법, 네가 약한 건 바로 이거야. 흄 이모부와 결혼하기 전에 나는 국어 선생이었어. 문법부터 시작해야겠다. 이 집에서는 셰이커 교본대로 살고 있으니, 네가 말할 수 있는 것만도 신기한 일이지. 네가 경건한 침례교인이었다면 국어에서 '양'보다는 좋은 점수를 받았을 거야."

바로 그거였다! 심장이 멈출 것 같았다. 제이콥 헨리 어머니한테서 침례교인에 대해 들은 적이 있었다. 제이콥 어머니는 침례교회가 아주 이상한 곳이라 했다. 얼마나 성스러운지 보려고 사람을 물속에 처박는다는 것이다. 그것도 세 번씩이나 말이다. 수영을 하든 못하든 물속에 집어넣고는, 물 위로 떠오르지 않으면 그 사람은 죽어서 영혼이 지옥으로 떨어진다고 했다. 하지만 물 위로 떠오르면 더 나쁜 결과를 맞게 된다. 침례교인이 되어야 하기 때문이다.

그런데 내가 바로 그 침례교인과 단둘이 있게 되다니……. 우리 집 거실에 연못이 없는 게 천만다행이었다. 매티 이모처럼 뚱뚱한 침례교인에 의해 연못 속으로 처박힌다면 정말 끔찍할 거다. 생각만 해도 숨이 막히는 것 같아 캑캑거리며 목을 가다듬어야 했다.

"괜찮니?"

매티 이모는 이렇게 물으며 커다란 핸드백을 뒤지더니 하얀 레이스가 달린 우표 딱지만 한 손수건을 꺼냈다.

"이걸로 코를 풀어라. 콧물을 흘리며 국어를 배울 순 없지."

나는 코를 흥, 풀었다! 매티 이모는 손수건을 낚아채더니 곱지 않은 눈길로 손수건을 보며 말했다.

"자, 그러면 이제부터 간단한 문법 시험을 보겠다. 어떤 문장이 옳은지 맞혀 봐라. 준비됐니?"

"네, 이모."

"It was I who he called. It was me who he called. It was I whom he called. It was me whom he called."

나는 꾸어다 놓은 보릿자루처럼 가만히 앉아 있었다. 장화 속에 든 모래도 떨어내지 못하는 멍청이가 된 것 같았다. 만약 매티 이모가 네가 로버트 펙이냐고 물어도 분명하게 대답할 수 없었을 거다.

"어서 대답해 봐."

"잘 모르겠어요, 이모. 모두 다 맞는 말 같아요."

"그럴 줄 알았어."

"뭐가요?"

"그런 게 있어. 내가 걱정한 그대로야. 문법이 엉망이야.

문장 관계를 몰라서 그래."

"그런 건 아직 안 배웠는데요?"

"물론 아직 안 배웠겠지. 요즘 선생들이 문제라니까. 아직 문장 관계도 안 가르쳐 주고 말이야. 그 사람들이 생각하는 건 버니허그 춤*밖에 없어."

"그것도 아직 안 배웠는데요?"

매티 이모는 다시 커다란 핸드백을 뒤적여 잡동사니를 한 아름 꺼내더니 마침내 종이와 연필을 찾아냈다.

"자, 내가 문장을 적어 줄 테니 문장 관계를 그려 봐라. 알겠니?"

매티 이모는 이렇게 말하면서 재빨리 문장을 써 내려갔다.

"네."

"자, 여기 있다. Jack hit the ball hard with Joe's yellow bat. 어떤 관계인지 그려 봐."

"못 하겠어요, 매티 이모."

"그럴 줄 알았다. 하지만 '양'을 받은 학생은 더 열심히 배워야 해. 먼저 서브젝트**가 뭐지?"

"국어."

* 20세기 초에 유행했던 춤으로, 두 명이 한 조가 되어 춘다.
* '주어'라는 뜻도 되고, '과목'이라는 뜻도 된다.

"뭐라구?"

"내가 '양'을 받은 과목은 국어라구요."

매티 이모는 방금 전 내가 코를 푼 손수건으로 얼굴을 훔치며 꺼질 듯한 한숨을 내쉬었다. 솔로몬이 쟁기를 끌며 밭고랑을 매고 나서 내뿜는 소리와 비슷했다. 나는 문법이 그만큼 힘든 거라는 걸 깨달았다.

"얘, 내가 국어 선생이었을 때 단 한 번도 하지 않았던 일이 있단다! 그게 뭔지 아니?"

"코넷 부는 거요?"

"그게 아니야. 화를 낸 적이 한 번도 없었어. 훌륭한 선생님은 학생이 아무리 멍청해도 화를 내지 않는 법이야."

내가 맞장구를 쳤다.

"그거 참 좋은 생각이네요. 우리 학교에도 멍청한 아이들이 좀 있거든요."

나는 매티 이모가 손수건으로 부채질하면서 무슨 생각을 하고 있는지 궁금했다. 어쨌든 매티 이모가 화를 내지 않는다니 다행이었다. 화난 선생님도 무섭지만, 화가 난 침례교인은 더 무서울 거라는 생각이 머리를 스쳤다.

매티 이모가 연필을 집어 들더니, Jack으로 시작하는 문장 주위에 몇 개의 선과 동그라미를 그리기 시작했다(그

전에도 그 후에도 본 적이 없는 모양들이었다). 이모는 한 곳에 꾸불꾸불한 선을 그리고 다른 곳에 L 자 모양을 그렸다. 종이는 온통 타원형과 구부러진 선들로 가득 찼다. 지금까지 봤던 것들 중에서 가장 터무니없는 그림이었다. Jack이라고 시작하는 문장은 여전히 알아볼 수 있었지만, 그 문장에 팔과 다리가 붙어서 여섯 방향으로 뻗어 나갔다. 내 눈에는 마치 철조망을 친 언덕처럼 보였다. 그런데 그림이 이상해질수록 이모는 더 자랑스러워했다.

"봐라! 이게 바로 문장 관계를 그린 그림표다!"

매티 이모가 연필 쥔 손가락의 힘을 풀면서 마침내 입을 열었다.

나는 그 그림을 우습게 여길 생각은 아니었다. 캐리 이모는 늘 바보만이 악령을 무시한다고 말했다. 사실인지 알 수 없었지만, 몇 년 전에 누군가가 러닝 읍내에서 늙은 여자를 만났는데, 그 여자가 마녀였다고 했다. 그 마녀가 그저 눈길만 주었을 뿐인데도 헛간이 새까맣게 타 버렸고, 손가락마디 하나 툭 꺾었을 뿐인데도 개울물이 말라 버렸단다. 양동이에 받기도 전에 우유가 상했고, 한번 쳐다보기만 해도 잘 말린 목초에 곰팡이가 슬고 페인트칠이 벗겨졌다고 한다. 그 마녀는 분명 침례교인이었을 거다.

"와, 매티 이모. 앞으로는 국어에서 '수'를 받을 게 틀림없어요."

"자, 이걸 네 방 벽에 붙여 놓아라."

매티 이모는 땀을 뻘뻘 흘리며 그린 종이를 내게 건네면서 말했다.

이모는 그 종이를 내 손에 밀어 넣었는데, 나는 위층에 올라갔다 내려오는 동안 뭔가 성스럽지 못한 느낌을 받았다.

"매티 이모에게 고맙다고 했니? 예의를 잊으면 안 된다."

엄마가 말했다.

"고맙습니다, 매티 이모. 이제 일하러 가야 해요. 안 하면 아빠한테 혼나요."

나는 조심스럽게 문을 닫았다. 밖으로 나오니 핑키가 기다리고 있었다. 우리는 헛간 울타리까지 달려갔다. 그런데 막 집을 나설 즈음, 철렁거리는 매티 이모의 팔찌 소리와 엄마의 말소리가 들렸다.

"첫 수업은 어땠어?"

이윽고 매티 이모 목소리가 들렸다.

"차라리 돼지를 가르치지……."

# 7

우리 집 북쪽 산등성이에는 넓은 들판이 펼쳐져 있다. 적어도 1.6킬로미터는 걸어야 숲이 나왔다.

풀이 무성하게 자라 있었다. 아빠와 건초 마차 위에서 하루 종일 일했기 때문에 저녁 일까지 모두 끝낸 상태다. 그래서 나는 마음이 느긋해졌다. 부드러운 풀밭에 누워서 저녁 시간만 기다리면 된다.

핑키도 내 옆에 누워 있었다. 비록 핑키는 하루 종일 아무 일도 안 했지만 말이다. 자줏빛 토끼풀과 온갖 풀들이 가득한 들판에 하얀 돼지 핑키가 불룩하게 솟아 있었다. 여기저기에 야생 페인트브러시가 자라고 있었다. 대부분은 노란 꽃이지만, 드문드문 빨간 꽃도 보였다. 페인트브러시는 토끼풀과 함께 있기가 싫은지 자기들끼리 무리를 이루고 있었다.

산등성이는 온통 자줏빛 토끼풀로 뒤덮인 것 같았다. 해가 막 지기 시작할 즈음이라 토끼풀이 한층 더 붉어 보였다. 핑키는 그 위를 이리저리 뒹굴고 있었다. 그 기분을 충분히 알 수 있었다. 나도 토끼풀밭에 누워 있는 그 느낌이 너무 좋았기 때문이다. 토끼풀이 한창일 때라서 크고 붉은 자줏빛 꽃줄기를 손에 들고 꽃을 쏙 뽑아내기가 쉽다. 토끼풀은 빨아 먹기가 참 좋았고, 그 맛이 벌꿀처럼 달콤했다. 사실 벌들은 그걸로 꿀을 만든다.

나는 토끼풀 줄기 하나를 앞니로 물고 단물을 쭉 빨아 먹고는 찌꺼기를 뱉어 냈다. 정말 맛이 좋았다. 핑키에게도 맛을 보라고 주었지만 돼지들은 토끼풀을 좋아하지 않는 것 같았다.

매 한 마리가 머리 위에서 원을 그리며 하늘을 돌았다. 매 치고는 낮게 날고 있었는데, 이제 막 산등성이 둥지를 떠나 저녁 비행을 시작한 게 분명했다. 어느덧 매는 거의 날갯짓도 하지 않고 하늘 높이 올라갔다. 매가 우리 머리 위로 날아오르자, 색깔이 부드러운 몸통 아랫부분보다 횃

불처럼 새빨간 꼬리가 더 잘 보였다.

매는 하늘 높이 계속 올라갔다. 우리 농장의 드넓은 풀밭 너머 남쪽으로 날아가면서 공중에 그리는 원도 그만큼 커져 갔다. 매가 어찌나 높이 날아올랐는지 날개 달린 검은 점으로 보일 뿐이었다. 그 위에 있는 구름은 주홍빛을 띠고 있었다. 엄마가 하얀 치즈 덩어리 위에 복숭아주스를 부은 것 같았다. 매는 서쪽 끝에서 방향을 바꿔 노을 너머로 사라질 듯 보였다.

그런데 매가 다시 우리 쪽으로 돌아오고 있었다. 원을 그리며 노니는 모습을 계속 보고 싶었기 때문에 내심 매가 돌아오길 바랐다. 조그만 점으로 바뀐 매는 머리 위를 지나다가 갑자기 멈추었다. 한동안 날갯짓을 전혀 하지 않는 게 마치 구름 속에 붙박여 꼼짝도 안 하는 것 같았다. 그러더니 점이 조금씩 조금씩 커지기 시작했다. 매가 날개를 접고 돌멩이가 떨어지듯 무지 빠른 속도로 곧장 떨어지고 있었다. 나는 토끼풀밭에서 일어나 앉아 매가 아래로 돌진하는 모습을 지켜보았다. 순간적으로 나를 향해 내려오는 거라는 생각이 들었다.

매는 사람을 공격하지 않는다. 그러니 나를 사냥하려는 건 아닌 게 분명했다. 매는 계속 밑으로 내려왔다. 날개는 조금도 움직이지 않았다. 날개가 양옆에 붙어 버려 어쩔 수 없이 추락하는 것 같았다. 저렇게 떨어지다가는 땅에 부딪히고 말 것이다. 나는 그 순간을 보려고 벌떡 일어났다.

어이쿠! 매는 우리와 불과 10여 미터밖에 떨어지지 않은 곳을 강타했다. 토끼풀이 전혀 자라고 있지 않은 노간주나무 덤불 바로 옆으로, 한때는 드넓은 목초지였던 곳이다. 매는 근처에 있던 자기만 한 뭔가를 덮쳤다. 정확히 뭔지는 알 수 없었으나, 그것은 땅바닥에서 몸부림치고 있었다. 매는 자신의 발톱이 사냥감의 털 속에 박혔다는 걸 확인하고 노간주나무 덤불 사이에서 열심히 날갯짓을 해댔다. 매는 어떻게 해서든 사냥감을 붙들고 날카로운 발톱을 사냥감의 심장이나 허파 깊숙이 찔러 넣어야 했다.

그때 비명소리가 들렸다. 끔찍한 소리였다. 핑키마저 벌떡 일어나 사방을 둘러볼 정도였다. 전에 산토끼가 죽어가면서 마지막으로 지른 소리를 들어 본 적이 있었다. 아직도 그 소리가 귓가에 생생하다. 아기가 갓 태어날 때 우는 소리와 비슷했다. 더 이상 고통을 참을 수 없으니 빨리 죽여 달라고 사정하면서 외치는 소리 같기도 했다. 그 소리는 산토끼가 일생에 단 한 번 지르는 비명 소리였다. 그리고 끝이었다.

솜꼬리토끼가 발버둥을 그쳤다. 매는 고된 싸움 끝에 한 숨을 돌리고 잠시 쉬려는 듯했다. 그래서 나도 움직이지 않았다. 핑키도 마찬가지였다. 우리는 뭔가에 사로잡힌 듯 그 자리에서 무릎을 세운 채 꼼짝도 하지 않았다. 매가 우리를 본 게 분명했지만 전혀 신경 쓰지 않았다.

나는 토끼풀을 헤치고 매를 향해 아주 천천히 나아갔다. 노간주나무 덤불에 몸을 숨기고는, 핑키가 주책없이 따라오지 않기를 빌면서 계속 앞으로 나아갔다. 세 걸음쯤 나아갔을 때, 매가 커다란 날개를 펴고 하늘로 후닥닥 올라갔다. 발톱에 잡힌 산토끼는 빨간 꼬리털 밑에 몸을 축 늘어뜨리고 있었다. 죽은 게 분명했다. 매는 우리와 저만치 떨어져 낮은 높이로 날아올랐다. 속도가 충분해야 하늘 높이 오를 수 있기 때문이다. 산토끼가 축 늘어져서 부담스럽긴 하겠지만 아주 따끈한 식사거리가 될 게 분명했다.

나는 매를 쫓아 발밑에서 토끼풀이 휙휙 스치고 지나갈 만큼 아주 빠르게 뛰어갔다. 매 둥지를 보고 싶었기 때문이다. 매는 멀리 사냥을 나갔다가 다시 자기 둥지로 돌아갈 게 틀림없었다. 핑키도 마찬가지 심정인지 내 뒤를 바짝 따라왔다. 하지만 우리는 매를 놓치고 말았다. 언덕 꼭대기에서 순식간에 사라진 것이다. 나는 매의 둥지를 꼭 보고 싶었다. 그리고 매가 신선한 산토끼 고기를 찢어서 둥지에 있는 새끼들에게 먹이는 광경도 보고 싶었다. 매가 먹이를 갖고 둥지에 내려앉으면, 새끼들은 일제히 부리를 열고 따끈한 고기를 넣어 달라고 아우성칠 게 분명했다.

아빠는 산토끼를 잡으면 언제나 털이 난 반대 방향으로 배를 쓸어 보았다. 건강한 토끼인지 아닌지 알아보려는 것이다. 배에서 혹이 만져지면 공수병에 걸렸다며 땅에 묻어 버렸다. 그러지 않을 경우에만 집으로 가져갔다.

토끼 고기를 생각하니 배가 고팠다. 나도 산토끼 고기를 많이 먹어 보았다. 거위 고기보다 훨씬 맛있다. 엄마는 아빠와 내가 냄비에 넣지 못할 만큼 큰 토끼를 잡은 적이 없는데도 언제나 토끼를 오븐에 구워 냈다. 엄마의 요리는 정말 일품이었다.

새끼 매들이 토끼 고기를 맛볼 수 있다면 그건 나보다 먼저 토끼를 잡았기 때문이다. 핑키가 토끼 고기를 좋아할지 어떨지 모르겠다. 하지만 돼지는 고기를 먹는다 하지 않는가? 아빠는 돼지 이빨이 마흔네 개라고 했다. 내 이보다 훨씬 많은 수다. 그렇다면 핑키도 산토끼 고기를 먹을 가능성이 높았다. 내가 확실히 아는 건, 암퇘지에게 먹을 것을 충분히 주지 않으면 자기 새끼도 잡아먹는다는 거다.

아빠가 알려 주었다.

나는 핑키를 잘 먹이고 있다. 핑키가 잘 자라게끔, 일하고 나서 아빠와 태너 아저씨한테서 얻어 온 옥수수나 밀, 보리, 호밀, 귀리, 사탕수수 같은 것을 주었다. 게다가 데이지한테서 짜낸 신선한 우유도 먹였다. 낚시를 가면 물고기를 잡아 주었다. 콩이나 사료도 모으는 대로 가져다 주었다. 엄마가 "너보다 돼지가 더 잘 먹는구나" 하고 나무랄 정도였다. 틀린 말은 아니었다. 핑키는 내 돼지였다. 내 돼지. 그래서 그 녀석이 충분히 먹지 않으면 마음이 아팠다.

하지만 지금까지 말한 건 음식에 불과하다. 핑키는 하루에 물을 서너 통이나 마셨다. 게다가 솔로몬이나 데이지와 마찬가지로 차고 깨끗한 물을 좋아했다. 언젠가 제이콥 헨리네 집에 갔더니 제이콥이 가축에게 물을 주고 있었다. 제이콥네는 말 한 마리와 젖소 한 마리가 있었지만, 양동이는 하나밖에 없었다. 그래서 제이콥은 언제나 말에게 먼저 물을 떠다 주어야 했다. 젖소는 말이 먹은 다음에도 물을 먹지만, 말은 젖소가 입을 댄 물은 절대 먹으려 들지 않기 때문이다. 그리고 말이 물 한 양동이를 먹을 때 젖소는 세 양동이를 먹었다. 그래도 말이 먼저 먹었다.

나는 핑키에게 먹이는 양을 계속 기록해 두었다. 계산

해 봤더니, 160킬로그램을 먹을 때마다 몸무게가 45킬로그램씩 불어났다. 토끼풀밭에 누워 노간주나무 열매를 씹고 있는데, 갑자기 핑키가 옆으로 와서 몸을 비벼 댔다. 비비는 힘이 세게 느껴졌다. 그만큼 많이 자랐기 때문이다. 만약 내가 핑키처럼 살이 찐다면, 나는 음식을 쳐다보지도 않을 것 같았다.

"핑키, 너는 보살핌을 잘 받고 있어. 비와 햇빛을 막아 주는 우리도 있고, 항상 마른 짚이 깨끗하게 깔려 있는 잠자리도 있잖아. 개울가에는 네가 진흙탕에 구르며 놀 수 있는 웅덩이도 있고 말이야. 심지어 나는 네 코에 먼지가 들어갈까 봐 마당에 물도 뿌린다구."

핑키가 코를 킁킁거렸다. 고맙다고 그러는 게 아니라는 걸 알지만 핑키가 그런 척하는 것 같아서 재미있었다.

"괜찮아, 핑키. 앞으로도 너를 계속 보살펴 줄게. 왜 그런지 알아? 너는 잡아먹을 게 아니기 때문이야. 너는 새끼 낳는 암퇘지가 될 거야. 아주 오래 살면서 말이다. 새끼를 낳을 수 있을 만큼 충분히 자라면 태너 아저씨네 수퇘지랑 맺어 줄 거야. 곧 삼손을 만나게 될 거야. 아빠 말로는 러닝 마을에서 가장 멋있는 수퇘지래. 삼손한테서 씨를 받으면, 처음에는 적어도 새끼를 여덟 마리는 낳아야 해. 그다음에는 열 마리."

핑키는 엄마가 되는 것에 대해서는 아무런 관심도 없다는 표정으로 내 곁을 떠나 꿀벌을 쫓아갔다.

"꿀벌아, 다른 꿀벌은 모두 다 집으로 돌아갔으니, 너도 얼른 집으로 돌아가렴. 조금 있으면 어두워질 거야."

하늘 전체가 분홍빛으로 물들었다. 바라보기만 해도 하루 종일 일한 피로가 싹 가시고 마음이 맑아지는 것 같았다. 핑키와 나는 천천히 걸어서 언덕을 내려왔다. 핑키는 늘 그렇듯이 땅바닥에 코를 박고 따라왔고, 나는 노을을 바라보며 걸음을 옮겼다. 저녁 해는 우리만 남긴 채 뉘엿뉘엿 사라져 갔다.

집에 도착했다. 나는 핑키를 우리 안에 넣고 두 팔로 꽉 껴안아 주었다. 그리고 집으로 들어가다가 헛간으로 오고 있는 아빠와 마주쳤다. 새끼 고양이 한 마리도 있었다. 나는 녀석을 안아 들고 걸음을 옮겼다. 조그만 발톱이 윗도리를 파고들어 어깨를 찔렀다. 그래서 떨어질 염려가 없다고 안심시키려고 꽉 껴안아 주었다.

아빠는 샌더 아저씨네 마구 봇줄*을 고치고 온 터였다.

* 마소에 써레, 쟁기 따위를 매는 줄.

•

나는 아빠가 도구를 정리해서 선반 위 제자리에 올려놓을 때까지 기다렸다. 그런 다음 아빠와 함께 밖으로 나와 헛간 서쪽에 있는 의자에 앉았다. 안고 있던 새끼 고양이는 무릎에 올려놓았다. 그리고 해가 뉘엿뉘엿 지고 있는 것을 아빠와 함께 바라보았다. 분홍빛 하늘이 진홍빛으로 변하더니 이내 엄마 말처럼 셰이커 잿빛으로 변했다.

"아빠, 노을 지는 하늘보다 멋있는 색은 없는 것 같아요. 나는 노을이 너무나 좋아요. 아빠는 어때요?"

내가 묻자 아빠가 이렇게 대답했다.

"하늘은 바라보기에 참 좋은 곳이야. 그리고 돌아가기에도 좋은 곳이라는 느낌이 들어."

# 8

잠에서 깨어났다. 그때가 몇 시인지 분명하지 않았지만 상관없었다. 한밤중은 아니었고, 비가 억수로 내리고 있었다.

번개도 내리쳤다. 창문 사이로 빗물이 들이쳤다. 창문을 꼭 닫았다. 창문에서 내려다보면 헛간이 보인다. 무섭게 퍼붓는 빗물 사이로 헛간에서 새어 나오는 노란 불빛이 눈에 띄었다.

일층에서 목소리가 들려왔다. 엄마와 캐리 이모 그리고 낯선 사람의 목소리였다. 여자 목소리인데 누군지 알 수가 없었다. 침대 속으로 파고들려다가 마음을 바꿔 맨 위 층

계 구석에 숨어서 엿들었다. 드디어 낯선 사람이 누군지 알아냈다. 길 위쪽에 사는 힐먼 아주머니였다. 문가에 서 있는 힐먼 아주머니는 랜턴을 들고 있었다.

엄마와 이모는 아주머니에게 안으로 들어오라고 말했다. 뜨거운 차를 가져오겠다고 말하는 듯했는데 빗소리가 너무 커서 잘 들리지 않았다. 힐먼 아주머니가 마침내 안으로 들어왔다. 문 닫히는 소리가 들렸다. 그러자 소리가 더 잘 들렸다.

힐먼 아주머니가 말했다.

"그이가 나갔어요. 세브링이 나갔어요. 한밤중에 마차 끄는 소리가 들리더라구요. 어디로 갔는지 전 알아요. 삽이랑 연장을 모두 챙겨 갔거든요. 오늘처럼 비 오는 밤을 택한 걸 보면 남몰래 무덤을 파려는 게 분명해요."

차를 마시라는 소리가 들렸다. 부엌 어디선가 찻잔이 찻잔 받침에 부딪혀 덜거덕거리는 소리가 났다.

"레티 펠프스 무덤이에요. 당신 남편 사촌 말이에요. 우리가 아주 가난하던 시절에 그녀가 우리 부부에게 일자리를 주었어요. 그때 난 침실 창문 너머로 다 봤다구요. 레티와 남편이 함께 헛간으로 들어가는 걸요. 그다음에 문제가 생긴 거예요. 아이를 낳고 죽은 것 말이에요."

아빠가 집 안으로 들어오며 비옷을 털었다. 그러고는 싱크대 옆 개수대에 비옷을 올려놓고 돌아섰다. 다시 침대 속으로 파고들 즈음에 아빠 목소리가 들렸다.

"로버트, 어서 일어나 옷 입고 내려와서 솔로몬을 우마차에 달아라!"

나는 너무 서두르다가 바지를 거꾸로 입었다. 그래서 느낌이 이상했다. 하지만 맨발로 장화를 신고는 밑으로 뛰어내려가 외양간으로 달려갔다. 솔로몬과 데이지도 시끄러운 소리에 벌써 일어나 있었다. 무슨 일이 일어났는지 나만큼이나 궁금한 표정이었다.

나는 솔로몬을 꺼내 마차에 매고 멍에를 씌웠다. 혼자 힘으로 멍에를 씌운 것은 그때가 처음이다. 집 안으로 들어가서 무슨 얘기를 나누는지 듣고 싶었다. 배 속이 텅 빈 느낌이 들고 온몸이 떨렸다. 빗속을 뚫고 다시 집 안으로 들어가려 할 때, 아빠가 커다란 랜턴과 엽총을 들고 나왔다.

무슨 일이 일어나서 어디로 가는 건지 물어보기도 전에 아빠가 나를 마차 위에 올려놓고 내 몸 위에 물소 가죽 덮개를 씌워 주었다. 그러고는 내 옆에 앉았다.

"랜턴을 들어라."

아빠는 기다란 막대로 솔로몬의 엉덩이를 찔렀다. 마차

가 장대 같은 빗속을 뚫고 앞으로 나아갔다. 나는 고개를 돌리고 옅은 안개에 싸인 우리 집을 바라보았다. 침대 속이 그리웠다. 노란 불빛이 새어 나오는 창문이 점점 작아졌다. 우리가 어디로 가는 건지 궁금했다.

"길을 새로 낸다는 얘기가 있어. 교회 묘지 귀퉁이를 잘라 내야 할 정도로 아주 넓게 뚫으려나 보더라."

아빠가 빗속에서 소리쳤다.

"우리가 지금 거기에 가는 건가요, 아빠?"

"그래."

"왜요?"

"세브링 힐먼이 그곳에 묻혀 있는 우리 친척을 욕보이지 못하게 하려구."

"어떻게 욕보이는데요?"

"무덤을 판대."

교회 묘지로 가고 있다는 건 짐작하고 있었다. 하지만 힐먼 아저씨가 어떤 무덤을 왜 파는지는 아직 이해할 수 없었다. 빗물에 젖어서 추웠다. 침대가 그리웠다.

"가까이 앉아라. 랜턴을 떨어뜨리지 않게 조심하고."

아빠가 말했다.

우마차가 진흙탕에 빠지는 바람에 우리는 두 번이나 마

차에서 내려 끌어당겨야 했다. 진흙이 케이크처럼 바퀴에 잔뜩 묻었고 장화에도 들러붙었다. 당밀 반죽에 서 있는 기분이었다.

마침내 러닝 읍내에 도착했다. 모두 다 빗속에 고요히 잠들어 있었다. 잡화점을 끼고 돌아 교회 묘지로 향했다. 묘지에서는 아무런 불빛도 새어 나오지 않았다. 그런데 삽이 나무를 때리는 소리가 들렸다. 그 소리만 쓸쓸히 울려 퍼졌다. 솔로몬이 묘지 정문 앞에서 멈췄다. 우리는 마차에서 내려 힐먼 아저씨가 있는 곳으로 걸어갔다. 랜턴에서 나온 동그란 불빛이 힐먼 아저씨를 비추었다. 아저씨가 구덩이 밑에서 올려다보았다. 온통 흙투성이였다.

"거기 누구요?"

아저씨가 물었다.

"당신의 이웃 헤븐 펙이랑 아들놈 로버트요. 당신을 데리러 왔소."

"이 일이 끝날 때까지는 안 돼요. 모두가 똑똑히 보고 알게끔 죄악과 고통을 끝내야 해요."

"그 애는 내 조카요. 다른 사람이 어둠을 틈타 조카의 무덤을 파는 걸 용납할 수 없소. 삽을 당장 내려놓는 게 좋을 거요."

아빠가 침착하게 말했다.

나는 젖어서 무거워진 물소 가죽 덮개를 단단히 둘러맸다. 아빠가 옆구리에 총을 대고 총구를 힐먼 아저씨에게 겨누었다. 힐먼 아저씨가 진흙이 가득 묻은 몸으로 구덩이에서 나왔다. 하지만 삽을 놓지는 않았다. 얼굴은 빗물로 뒤범벅이 되어 있었다. 아저씨가 아빠 엽총을 들여다보았다.

"총을 겨누고 있군."

아저씨가 언짢은 투로 말했다.

"관 도둑 때문에 그런 거지, 이웃을 겁주기 위한 건 아니오."

"레티 펠프스가 누워 있는 관에 손댈 의도는 없소."

"그러는 게 좋을 거요."

아빠가 마차 안에서 삽 한 자루를 꺼냈다. 아빠와 아저씨가 진흙을 파냈다. 이윽고 조그만 관 하나가 눈에 들어왔다. 두 사람은 관을 들어내고, 진흙을 다시 원래대로 덮어 놓았다. '펠프스'라고 쓰여진 비석은 건드리지 않았다.

"이제 그 아이는 우리 과수원에 묻겠소."

아빠가 말했다.

힐먼 아저씨가 조그만 관을 들어올려 가슴에 껴안았다. 아저씨는 덩치가 커서 별다른 어려움 없이 혼자 들어올릴 수 있었다. 아저씨는 우뚝 서서 빗속에 대고 소리쳤다.

"레티에겐 가족이 없소. 레티가 이 아이를 물에 빠트려 죽이자, 가족들이 마을을 떠났소. 그러고는 레티도 목을 매 죽었지. 이미 저질러진 일이라 나도 어쩔 수 없었소. 하지만 이 애는 내 딸이오. 무슨 말인지 알겠소, 헤븐? 이 아이는 내 딸이란 말이오. 비록 영혼과 흙뿐이지만 말이오."

"마을 사람들이 깨겠소."

"그게 바로 내가 바라는 바요. 그때는 나서지 못했소. 하지만 제기랄, 지금은 아니오. 이 애는 누가 뭐래도 내 아이요. 이 아이는…… 이 아이는 내 씨를 받고 태어난 아이란 말이오!"

"그렇다면 이제 우리 아이들을 데리고 집으로 가서 좀 쉽시다."

우리는 힐먼 아저씨가 조그만 관을 교회 뒤쪽에 숨겨 둔 마차로 옮기는 걸 지켜보았다. 물론 어둠을 밝혀 주기 위해 랜턴을 들고 그 뒤를 바짝 좇아가면서 말이다. 아저씨가 밧줄로 관을 단단히 묶고 마차에 오르려고 했다. 아저씨는 흠뻑 젖어 있었다.

"비옷이 없나요?"

아빠가 측은한 목소리로 물었다.

"그렇소."

"당신 마차를 우리 우마차 뒤에 묶으세요. 우리와 함께 타고 갑시다. 우마차 안에 비옷과 덮개가 있어요."

"좋소, 그렇게 합시다."

집까지 거의 절반 정도를 왔다. 나는 아빠와 힐먼 아저씨 사이에 앉았다. 그래서 차가운 몸을 덥힐 수 있었다. 물소 가죽 덮개에서 눅눅한 곰팡이 냄새가 났다. 랜턴은 힐먼 아저씨가 들었다. 불빛이 어둠을 뚫고 읍내에서 집으로 가는 길을 헤쳐 나가는 솔로몬의 힘센 등을 비추었다.

"헤븐!"

갑자기 힐먼 아저씨가 입을 열었다.

"왜요?"

"당신 사촌 레티에 대해선 미안하오. 그리고 말없이 무덤을 판 것도 미안하오."

"이제 다 끝난 일이오. 지금은 따뜻한 아침이나 먹으면 원이 없을 것 같소."

아빠가 말했다.

"나도 마찬가지요."

"당신 부인이 지금 우리 집에 와 있소."

"메이가? 메이가 당신 집에 있다구요? 그래서 묘지에 온

거군요."

"그렇소."

"참 좋은 여자예요."

"이제 다 왔나요, 아빠?"

내가 끼어들며 말했다.

"거의 다 왔다."

"저도 배가 고파요."

"나도 그렇단다, 꼬마야. 배가 터지도록 아침을 푸짐하게 먹고 싶다. 오랜만에 마음이 후련하구나."

힐먼 아저씨가 나를 보며 말했다.

"힐먼 아저씨!"

"왜 그러냐?"

"관에 들어 있는 여자아이가 정말 아저씨 딸이에요?"

"그렇단다, 로버트. 너와 너희 아빠만 괜찮다면, 저 애한테 힐먼이라는 성을 붙여서 힐먼 땅에 묻을 거란다."

"네, 그러는 게 좋을 것 같아요."

나는 그 얘기를 하면서 잠 속으로 빠져들었다.

집에 도착할 즈음 비가 그쳤다. 동쪽에서 먼동이 트고 있었다. 나는 아빠가 나를 안고 내릴 때 눈을 떴다. 부엌에서 빛이 흘러나오고 있었다. 아빠가 말하는 소리가 들렸다.

"안에 들어가면 커피가 있을 거요."

"입맛이 당기는군요."

아빠가 솔로몬을 데리고 헛간으로 간 사이 나는 힐먼 아저씨와 함께 집으로 갔다. 온통 진흙투성이였기 때문에 우리는 부엌 쪽으로 갔다. 힐먼 아저씨가 장화를 벗겨 주었다. 그리고 나는 부엌으로 들어갔다. 힐먼 아저씨는 온몸이 진흙투성이인데다가 흠뻑 젖었다고 말했다. 힐먼 아주머니는 부엌에 앉아서 자기 남편을 쳐다보았다. 하지만 두 사람은 서로 아무 얘기도 하지 않았다. 엄마가 힐먼 아저씨에게 뜨거운 커피 한 잔을 주었다.

"고맙습니다, 자매님."

힐먼 아저씨가 커피잔을 받으며 인사했다.

엄마가 나를 살펴보더니, 식료품실로 데려가서 옷을 모조리 벗겼다. 밀가루 포대로 살갗이 벗겨지도록 물기를 샅샅이 닦아 냈다. 그러고는 난로 위 뜨끈한 오븐에 걸쳐 놓았던 담요를 가져와 내 몸을 감싼 다음 따뜻한 벌꿀을 한 입 가득 주었다.

"꼭 비 올 때 캐낸 감자 같구나."

엄마가 말했다.

부엌을 가로질러 이층으로 올라가면서 보니, 힐먼 아저

씨가 두 손으로 하얀 커피잔을 들고 계속 부엌 입구에 서 있었다. 아저씨는 마지막 한 모금까지 모두 마셨다. 온몸이 여전히 진흙투성이였다.

"여보, 이제 그만 집으로 갑시다."

힐먼 아저씨가 아주머니에게 말했다. 두 사람은 밖으로 나가 마차를 풀고 집으로 향했다.

조그만 아기 관 하나가 그 뒤를 따르고 있었다.

# 9

나는 부엌 창밖에서 핑키를 씻기고 있었다. 엿들을 생각은 조금도 없었다.

하지만 캐리 이모와 엄마가 식료품실에서 말하는 소리가 들렸다. 두 사람은 무슨 뜻인지 전혀 이해할 수 없는 이야기에 열을 내고 있었다. 캐리 이모가 아주 언짢은 투로 말했다.

"정말 창피한 일이야."

그 말과 동시에 냄비가 달그락거리는 소리가 들렸다. 캐리 이모가 흥분해서 냄비를 건드린 것 같았다.

"창피하다구. 결혼도 하지 않은 남녀가 한 지붕 아래서 살다니……. 바로 우리 코앞에 있는 저 집에서 지금 무슨 일이 벌어지고 있는지 잘 알고 있잖아."

"그렇다 하더라도 우리가 신경 쓸 일이 아니에요."

엄마 목소리였다.

"지난번에 매티가 와서 하는 말도 못 들었니?"

"매티는 하도 말이 많아서……."

"바로 우리 코앞에서 그런 불경스러운 일이 벌어지다니……."

"언니, 과부 배스컴과 새로 고용한 남자가 함께 사는 집이 어떻게 우리 코앞이에요? 길을 따라 1킬로미터 하고도 절반은 넘게 내려가야 한다구요."

"너무 가까워서 불편해."

"이제 배스컴도 편안하게 지낼 때가 됐잖아요. 그리고 그 남자두요."

"부끄러운 일이야. 남편의 시신이 식기도 전에……. 그 사람을 생각하면 정말 불쌍해."

"언니, 그 사람은 죽은 지 2년, 아니 3년이 지났어요."

"남자를 고용해야 할 정도로 세월이 흐른 건 아니야."

"남편 말로는, 그 사람은 일꾼이래요. 그리고 내가 보기에도 배스컴네 집이 그렇게 깨끗해 보일 수가 없어요. 배스컴 혼자서는 그 일을 다 하고 농장일까지 할 수 없다구요. 과부로 산다는 건 쉬운 일이 아니에요."

"그 여자는 편하게만 살더라."

"나는 이웃집 침대에서 벌어지는 일에 대해선 아무 관심도 없어요."

"많은 일이 벌어지지. 그 사람은 아주 건장한 체구인데다 틀림없이 나이도 배스컴보다 한 살 많을 거야."

"그 사람을 봤어요?"

"아니."

"그럼 매티가 한 말을 들은 것밖에 없군요."

"흄이 매티에게 말하길, 지난 주 밤늦게 배스컴네 집을 지나다가 그 사람이 껄껄 웃는 소리를 들었대. 그런데 집에는 불빛 하나 없었다더라."

"뭐, 그럴 수도 있는 거죠."

엄마가 말했다.

"뭐가?"

"캄캄한 곳에서 웃을 때도 많잖아요."

"흄이 확실히 들었대."

"그렇다면 엿들으려고 말을 천천히 몰았겠네요."

"흄은 점잖은 사람이야."

캐리 이모가 말했다.

"점잖지만 멋이 없는 사람이죠. 흄이랑 어둠 속에 함께 있어도 껄껄 웃는 일은 없을 거예요."

"그런 창피한 말을……."

"제 말은, 흄이 한 번이라도 웃는다면 더 나았을 것이라는 뜻이에요."

"확실히 들었대. 어찌나 웃음소리가 크던지, 당장 말을 몰아 교회 묘지로 가서 배스컴 씨를 깨우고 싶은 마음이 들더라던데?"

캐리 이모가 발했다.

"버널 배스컴은 살아 있을 때도 그만한 일로 흥분하진 않았어요. 땅 속에 있는 사람을 왜 편히 쉬게 놔 두지 않는 거야?"

"아멘."

"두 눈에 선하군요."

"뭐가?"

"흄 플로버가 묘지에서 배스컴 씨에게 속삭이는 모습 말이에요. 흄은 그 사람이 살아 있을 때 말 한마디 건넨 적이 없어요. 그런데 이제 쉬고 있으니까 잡담을 나누고 싶은 모양이죠."

"계속 그런 식으로 지껄여라."

"그럴게요, 언니. 이 세상에는 웃을 일이 그리 많지 않아요. 흄이 당장 말을 몰고 가서 죽은 사람에게 고자질하는 광경은 생각만 해도 우스워요. 배스컴과 그 남자가 그 사실을 알게 되면 얼마나 배꼽을 잡겠어요?"

엄마가 웃음을 터뜨렸다.

"망신스러워."

"게다가 아이리스 배스컴과 그 남자가 어두운 방에서 함께 낄낄거리고 웃었다면 어쨌든 좋은 일 아닌가요?"

나는 바깥 의자에 앉아서 핑키 몸에 묻은 진흙을 털어내며, 배스컴 아주머니와 맞닥뜨렸던 일을 떠올렸다.

배스컴 아저씨가 세상을 뜬 지 얼마 안 되었을 무렵, 배스컴 아주머니는 혼자 살고 있었다. 나는 제이콥 헨리와 함께 배스컴 아주머니네 딸기밭을 지나 그 집 뒷마당을 지나가려 하고 있었다. 그러자 배스컴 아주머니가 갑자기 빗자루를 들고 쫓아와 눈 깜짝할 사이에 우리를 모퉁이로 몰아댔다. 어찌나 흠씬 두들겨 맞았던지, 우리는 일주일 동안 걸어 다닐 때마다 눈물을 찔끔찔끔 흘려야 했다. 나는 특히 정강이를 심하게 맞아 자국이 남을 정도였다.

그때 맞았던 정강이를 손으로 만져 보았다. 아직도 흉터가 남아 있었다. 제이콥은 그 일에 대해 자기 엄마에게 한 마디도 하지 않았다. 그건 나도 마찬가지였다. 그랬다가는 또 회초리를 맞았을 것이다. 아빠는 허락 없이 남의 땅에 들어가는 걸 아주 싫어했다.

나는 배스컴 아주머니와 그런 식으로 첫 대면을 했다. 두 번째는 그저께였다. 나는 딸기밭을 멀찌감치 돌아서 그 집 옆을 지나가고 있었다. 그때 배스컴 아주머니가 집 밖으로 나와 말을 걸었다.

"안녕?"

"안녕하세요, 아주머니?"

나는 발길을 멈추지 않고 인사했다.

"화분이 무거워서 그러는데, 좀 도와주지 않겠니?"

아주머니가 말했다.

나는 쇠로 만든 3미터쯤 되는 빗자루가 있는지부터 살펴봤다. 빗자루가 보이지 않자, 그제야 계단을 올라 가까이 갔다. 아주머니는 웃고 있었다.

"흙이 가득한 화분은 정말 성가셔. 질질 끌지 않고는 옮길 방법이 없거든."

"그 정도쯤은 혼자 들 수 있어요."

나는 그 말과 동시에 커다란 화분을 들어 올렸다.

"야! 너 아주 힘이 세구나!"

"혼자서 멍에도 씌우는걸요, 뭐."

나는 자랑스레 말했다. 배스컴 아주머니가 다정하게 나오자 나도 용기가 났다. 빗자루로 맞은 기억도 이내 잊었다. 그래서 화분 옮기는 일을 도와주었다. 셰이커 교본에도 이웃에게 친절히 대하라고 쓰여 있었다. 게다가 아직 농장일을 할 시간이 아니었기 때문에 여유가 있었다.

"고맙구나."

화분을 양지쪽으로 옮기고 나자 배스컴 아주머니가 말했다. 나는 그렇게 많은 꽃은 처음 보았다. 모두 다 배스컴 아주머니만큼 아름다웠다.

"천만에요."

내가 대답했다.

"조금만 기다려라."

배스컴 아주머니가 서둘러 집 안으로 들어갔다. 잠시 후 버터 우유 한 잔과 생강과자가 수북이 담긴 접시를 들고 나왔다. 아주 큼직한 접시였다.

"자, 배고플 텐데 먹어라."

아주머니가 말했다.

"나는 언제나 배가 고파요. 배 속에 촌충이 들어 있어서 그래요."

"촌충이? 에이, 농담이겠지?"

"네, 없을 거예요. 돼지 몸에서 촌충이 나오는 걸 본 적이 있어요. 정말 징그럽더라구요. 미안해요. 이런 말 하려던 건 아니었는데……."

차가운 버터 우유를 마시면서 생강과자를 볼이 미어져라 먹고 있는데 한 남자가 다가왔다.

"아이라 아저씨야. 우리 집에 새로 온 일꾼이란다."

배스컴 아주머니가 말했다.

"안녕하세요?"

나는 생강과자가 목에 걸리지 않게 조심하며 말했다. 그 아저씨는 정말 컸다.

"안녕? 아이라 롱이란다."

"나는 로버트 펙이에요."

"헤븐 펙 씨네 아들이에요."

배스컴 아주머니가 덧붙여 말했다.

우리는 악수를 했다. 아이라 아저씨가 생강과자를 한 주먹이나 움켜쥐더니, 한입에 다섯 개나 먹어 치웠다.

"그렇다면 네가 태너 씨네 소가 송아지 낳을 때 도와준 아이니? 혹도 잡아떼고?"

"네."

"정말 훌륭한 일을 했구나, 로버트."

"고맙습니다, 아저씨."

"나도 쌍둥이 송아지를 봤단다."

"보브랑 비브예요. 보브는 내 이름을 따서 지은 거래요."

내가 말했다.

"정말 자랑스럽겠구나."

배스컴 아주머니가 끼어들었다.

"정말 그럴 거야."

아이라 아저씨도 맞장구를 쳤다.

나는 어떻게 대답해야 좋을지 몰라 생강과자를 입 안 가득 쑤셔 넣었다. 그랬더니 말을 할 수가 없었다. 두 뺨이 잔뜩 불거져 나와 그 위에 물건을 올려놓아도 될 것 같았다. 아이라 아저씨와 배스컴 아주머니가 나를 보고 한바탕 웃음을 터뜨렸다. 나는 어쩔 줄 몰라 몇 번이나 고개를 다른 데로 돌렸다. 그러다가 그냥 함께 웃어 버렸다. 하지만 지금 생각해도 그때 왜 두 사람이 배꼽을 잡으며 웃어 댔는지 모르겠다.

아이라 아저씨가 입을 열었다.

"내가 듣기로는 태너 씨가 쌍둥이 송아지를 러틀랜드 박람회에 데리고 간다던데."

러틀랜드 박람회 얘기가 나오자 심장이 쿵쿵 뛰기 시작했다. 제이콥 헨리는 작년에 러틀랜드 박람회에 갔다 와서 한참 자랑을 늘어놓았다. 러틀랜드 박람회에 출품된 거라면 뭐든지 볼 만하다며 너스레를 떨었다. 녀석 말을 들어보면 박람회는 정말 굉장한 것 같다.

"거기 가 봤니, 로버트?"

"아니에요. 하지만 언젠가는 내가 기르는 돼지를 데리고 나가서 자랑할 거예요. 핑키라는 놈이에요. 나중에 어른이 되면 해마다 그곳에 갈 거예요. 하지만 지금은 갈 수 없어요."

"왜?"

"아주 먼 곳이라던데, 우리 집에는 말이 없거든요. 솔로몬이 전부예요."

"솔로몬이 누구냐?"

갑자기 배스컴 부인이 물었다.

"솔로몬은 우리 집 황소예요. 걷는 게 무지 느려요. 하지만 솔로몬 왕처럼 덩치도 크고 힘도 세고 똑똑해요. 솔로몬 왕은 성경에도 나오잖아요."

"그건 사실이야."

아이라 아저씨가 말했다.

"이젠 가 봐야겠어요. 우유랑 과자 잘 먹었어요."

내가 말했다.

"언제든지 오너라, 로버트. 이쪽으로 지나갈 일이 있으면 꼭 들러, 응?"

아주머니가 말했다.

"그렇게 할게요. 안녕히 계세요, 아이라 아저씨."

"잘 가거라, 로버트."

나는 그 일을 떠올리면서 계속 핑키를 씻겼다. 돼지는 정말 지저분한 짐승이다. 귀에도 진흙이 있었다. 핑키가 몸집이 작았을 때는 목욕시키는 게 그렇게 어렵지 않았다. 그렇지만 지금은 핑키가 너무 커졌다.

아빠가 부엌 모퉁이를 돌아 나왔다. 손에는 맷돌을 돌리는 기어가 들려 있었다. 우유 저장실에는 엄마가 음식을 갈 때 쓰던 작은 맷돌이 있었다. 내가 손잡이를 돌렸던 거다.

"그만 좀 씻기거라. 그렇게 씻기다간 비곗덩어리만 남겠다."

아빠가 말했다.

"깨끗이 씻겨서 목에 리본을 달아 주고, 러틀랜드에 데려가는 놀이를 할 거예요."

아빠는 쭈그리고 앉아서 내가 핑키를 씻기는 걸 지켜보았다. 핑키가 천사처럼 깨끗해졌다.

"얘야."

"네, 아빠."

"혼자서 러틀랜드에 가도 말썽 피우지 않을 자신 있니?"

나는 아무 대답도 하지 않았다. 아빠가 나를 놀린다고 생각했기 때문이다.

"오늘 태너 아저씨가 찾아왔단다. 너를 데리고 전시회에 가고 싶다는구나. 배스컴 아주머니가 태너 부인에게 네가 거기에 가고 싶어 한다고 말한 것 같아. 태너 아저씨는 쌍둥이 송아지를 전시할 건데, 사내아이가 전시장에 데리고 나가면 좋겠대. 녀석들이 너무 작아서 자기가 나가면 놀림감이 될 것 같다고 말이야."

"에이, 지금 저를 놀리는 거지요? 이제 쉽게 넘어가지 않을 거예요."

"내 얘기를 끝까지 들어 봐라. 태너 아저씨가 그러는데, 하루 일찍 전시할 가축을 보낼 거란다. 너만 좋다면 핑키도 함께 보내겠대."

"아빠, 놀리지 마세요……."

"아직 일주일이나 남았으니, 그 이야기는 그만 하자꾸나. 러틀랜드에 가기 전에 먼저 닭장을 깨끗이 치워야 해. 바닥에 닭똥이 너무 많이 쌓여 있어서 달걀을 꺼내러 갈 때마다 새로 길을 내야 할 판이다."

"네, 아빠. 그렇게 할게요."

"또 하나. 태너 아저씨가 너를 위해 쓸 돈은 없을 거다. 단 한 푼도. 알겠지?"

"네, 아빠."

"엄마가 도시락을 싸 줄 테니까 그걸로 아침, 점심, 저녁을 먹어라. 그리고 태너 아저씨가 시키는 대로 해야 한다. 되도록이면 시키기 전에 미리 하도록 하고."

"네, 아빠. 최선을 다할게요."

"만약 돼지랑 송아지를 동시에 전시하게 되면, 돼지는 그냥 놔 두고 태너 아저씨네 송아지를 전시하도록 하고. 알겠지?"

"네, 아빠. 그렇게 할게요. 잘할 수 있어요."

"한 가지 더. 배스컴 아주머니한테 가서 고맙다고 인사하거라. 그 아주머니가 부탁해서 된 거니까 말이야."

"네, 아빠. 알겠어요. 그렇게 할게요."

내가 러틀랜드에 간다니까 엄마도 좋아했다. 처음에 캐리 이모는 믿을 수 없다는 표정이었다. 하지만 그날 밤 늦게 이모는 내가 엄마 아빠에게 말하지 않고 잃어버리지 않는다면, 박람회에서 쓸 5센트를 주겠다고 했다. 비밀이었다.

그날 밤, 나는 핑키와 함께 옥수수 곳간에서 잤다. 핑키가 깨끗하니까 그래도 된다고 엄마가 허락했다.

나는 잠들기 전 핑키 목에 두 팔을 감고 러틀랜드에 가게 되었다는 사실을 다 말해 주었다. 그리고 박람회에 나가면 틀림없이 푸른색 리본을 탈 거라는 얘기도 해 주었다. 배스컴 아주머니와 아이라 아저씨에 대한 얘기도 내가 알고 있는 그대로 말해 주었다. 물론 두 사람이 어두운 방 안에서 낄낄거리며 웃었다는 얘기도 빼먹지 않았다.

"핑키, 아이라 아저씨 같은 건장한 남자를 고용하는 건 나쁜 일인가 봐. 하지만 배스컴 아주머니는 많이 좋아진 것 같아."

# 10

학교에서 선생님은 영국에 있는 런던이 전 세계에서 가장 큰 도시라고 가르쳐 주었다. 그 말이 사실일지도 모르지만 런던이 아무리 크다 하더라도 러틀랜드만큼 크지는 않을 터였다.

그날 아침 일찍 엄마가 나를 깨웠다. 엄마가 싸 준 도시락에는 일주일 동안 먹어도 될 만큼 많은 음식이 들어 있었다. 아빠는 나를 태너 아저씨네 집까지 태워다 주려고 솔로몬을 꺼내 마차에 매달았다. 엄마가 안 보는 사이에 캐리 이모는 나에게 살짝 10센트를 주었다. 캐리 이모가 깨끗한 하얀 손수건에 꽁꽁 묶은 돈을 내 바지 주머니에 어찌나 깊숙이 찔러 넣었는지, 나는 바지가 흘러내리는 줄 알았다.

"잃어버리지 마라."

이모가 귀에 대고 속삭였다. 잃어버린다구? 몇 번씩이나 묶은 다음, 바지 주머니 깊숙한 곳에 찔러 넣어서 꺼내기도 힘들 정도인데…….

"그 돈으로 회전 목마를 타. 쓰고 싶지 않으면 저금하구."

이모가 다시 말했다.

어쨌든 나는 아침을 먹고 도시락을 챙긴 다음, 태너 아저씨네로 갔다. 태너 아저씨네 집이 그렇게 멀게 느껴질 수가 없었다. 솔로몬은 최대한 빨리 러틀랜드에 가고 싶은 나와 달리 그리 서두르는 것 같지 않았다. 자기를 러틀랜드에 데리고 가지 않는다고 일부러 느리게 걷는 것 같았다.

"아빠, 러틀랜드는 어떤 곳이에요?"

"나도 몰라. 한 번도 안 가 봤어."

나도 마찬가지였기 때문에 러틀랜드에 관한 얘깃거리가 별로 없었다. 하루인가 이틀 전에 아빠는 엄마에게 '러틀랜드'라는 말을 세 번만 더 들으면 브래틀보로에 끌려갈 지경이라고 말했다. 브래틀보로는 미친 사람들이 가는 곳이다.

내가 마차에서 내리자, 아빠는 솔로몬을 끌고 돌아서면서 단 한마디 말만 했다. '예의'라는 말이었다.

러틀랜드까지는 금방 도착할 게 분명했다. 얼룩배기 회색 말들이 마차를 끌고 있으니 말이다. 여름 내내 많은 음식을 먹으면서 충분히 쉬었는지, 말들은 계속 전속력으로 달렸다. 태너 아저씨가 고삐를 잡았으며, 나는 아저씨와 아주머니 사이에 앉았다. 자리가 꽉 끼었다. 하지만 태너 아주머니와 나는 떨어지지 않으려면 꽉 끼게 앉을 수밖에 없었다.

"꽉 잡아요, 여보."

태너 아저씨가 이렇게 말하면서 출발했다.

회색 말 두 마리는 각각 '퀘이커 숙녀'와 '퀘이커 신사'라는 이름을 가지고 있었다. 한 마리는 암말이고, 다른 한 마리는 불깐 말*이었는데 어느 게 암말이고 수말인지 전혀 구분할 수가 없었다. 마부석에 앉아 있는 사람만 말꼬리가 위로 치켜 올라갈 때 알 수 있을 뿐이다. 마차는 기가 막힐 정도로 빠르게 달렸다. 러틀랜드까지 가는 도중에 다른 마차를 수없이 따돌렸다. 정말 멋진 한 쌍이었다. 그래서 태너 아저씨는 그 두 놈을 보브와 비브만큼이나 자랑스러워했다. 태너 아저씨는 모든 걸 두 마리씩 가지고 있는 걸 좋

* 거세한 말.

아했다. 그래서 태너 아저씨에게 두 번째 부인을 구해서 부인 한 쌍을 데리고 교회에 다니면 좋지 않겠느냐고, 그리고 쌍둥이와 결혼하지 그랬냐고 물어볼 뻔했다. 하지만 머릿속에 '예의'라는 단어가 떠올라 침묵을 지켰다.

언젠가 아빠가 "가능하면 침묵을 지켜라" 하고 말한 적이 있었다. 생각하면 할수록 좋은 말이라는 생각이 들었다.

마침내 러틀랜드에 도착했다. 다른 사람들도 여기저기에서 모여들고 있었다. 그곳에 참석하는 사람들은 모두 다 버몬트에서 내로라하는 사람들이었다. 모두 다 멋있는 옷을 입고 있었다. 아직 전시장에 도착하지도 않았는데 볼거리가 무지 많았다. 문득 러닝의 어떤 사람이 뉴욕까지 갔다 온 이야기가 생각났다. 돌아와서 뉴욕이 어떻더냐는 질문을 받고 그가 한 말은 "정거장이 하도 넓어서 마을까진 들어가 보지도 못했다"는 한마디였다.

러틀랜드 정거장이 어딘지는 모르겠지만, 모든 곳이 다 정거장 같았다. 마침내 전시장에 도착한 다음에는 혹시 눈을 껌뻑이다가 한 장면이라도 놓칠까 봐 두려웠다.

우리가 맨 먼저 간 곳은 가축들이 있는 축사였다. 태너 아주머니와 나는 아주머니가 '쉬는 곳'이라고 부르는 곳을 찾아 나섰다. 아직 이른 아침이었기 때문에 쉬고 싶은 마음이 없었지만, 아주머니는 '쉬는 곳'을 찾으려고 서두르는 게 분명했다. 나는 태너 아주머니처럼 몸집이 큰 사람이 짧은 시간에 그렇게 먼길을 왔으니 피곤한 것도 무리는 아니라고 생각했다. 하지만 우리는 '쉬는 곳'을 좀처럼 찾지 못했다. 우리가 가까스로 찾은 곳은 '숙녀용'이라는 문패와 '신사용'이라는 문패가 걸린 조그만 오두막이었다. 나는 그곳이 태너 아저씨네 말들이 묵는 장소라는 걸 금방 알아챘다. 문에 말 이름이 붙어 있는 걸 보면 틀림없었다. 정말 대단했다. 확실히 러틀랜드는 뭐가 달라도 달랐다. 나는 사방을 둘러보며 '핑키'라는 문패가 걸린 오두막을 찾아보았다.

하지만 태너 아주머니는 여전히 휴식이 절실하게 필요한 듯 몹시 허둥댔다. 아주머니가 "덜컹거리며 그렇게 빨리 달려왔으니"라고 웅얼거리는 걸 보니 속도 안 좋은 것 같았다. 충분히 피곤할 만했다. 아주머니는 나를 '신사용' 안에 밀어 넣으면서 조그만 소리로 주의를 주었다.

"저 안에 있는 사람과는 아무 말도 하지 마라. 저런 곳에는 변태가 많은 법이야. 알겠지?"

안에서는 오줌을 갈기는 일밖에 할 일이 없었다. '변태'가 어디에 있는지 살펴보았다. 하지만 안에는 나 혼자뿐이었기 때문에 물어볼 사람도 없었다. 언젠가 매티 이모가 캐리 이모와 엄마에게 '변태'라는 말을 쓴 적이 있었다. 그래서 나는 '변태'가 문법과 무슨 상관이 있거나, 아니면 코넷과 비슷한 어떤 거라고 생각했다. 만일 그곳에 '변태'가 있다면 꽁꽁 숨겨 놓은 게 분명했다. 태너 아주머니와 매티 이모가 그렇게 중요하게 여기는 거라니, 러틀랜드를 떠나기 전에 한두 개쯤은 꼭 볼 수 있기를 바랄 수밖에 없었다.

태너 아저씨가 밖에서 우리를 기다리고 있었다. 우리는 보브와 비브를 보러 갔다. 다행스러운 것은 핑키도 바로 우리 하나 건너편에 있다는 사실이다. 나는 울타리 안으로 넘어 들어가, 두 손으로 핑키를 꼭 껴안으며 말했다.

"핑키, 여기가 러틀랜드야. 정말 굉장하지?"

우리는 곧장 보브와 비브에게 멍에를 씌웠다. 보브는 언제나 왼쪽이었고, 비브는 오른쪽이었다. 그런 다음 사진사를 찾으러 널따란 행사장으로 들어갔더니, 사람들이 발에 털이 부숭부숭한 말들을 훈련시키고 있었다. 사진을 찍는데 거의 한 시간이 걸렸다. 사진기를 가진 사람이 검은 보자기 안에 머리를 집어넣었다. 사진사 아내가 이상하게 생긴 물건을 공중으로 들어올렸다. 내가 보기에는 눈 치울 때 쓰는 삽 같았다. 하지만 그렇게 폭발하는 삽은 처음 보았다. 흐린 날 '펑' 하며 그렇게 번쩍이는 빛은 난생 처음 봤다. 확실히는 모르겠지만, 세계 대전 역시 이렇지 않았을까 하는 생각이 들 정도였다. 나는 너무 깜짝 놀라서 그 자리에서 펄쩍 뛸 뻔했다. 보브와 비브도 깜짝 놀랐는지 서로 요동을 치며 멍에를 잡아끌었다. 나는 보브와 비브를 진정시키려 했지만 앞이 잘 보이지 않았다. 눈삽의 빛이 꺼지고 나서야 비로소 똑바로 바라볼 수 있었다. 그것은 내가 본 마지막 마술이자 시련이었다. 러틀랜드 전시회에 엉터리 삽이 '펑' 하고 터지는 걸 보러 온 게 아니라 더 멋진 걸 구경하러 왔기 때문이다.

드디어 황소를 전시하는 시간이 되었다. 정말 굉장했다. 먼저 커다란 황소들이 전시됐다. 헤리퍼드종 한 쌍이 걸어 나오자, 태너 아저씨가 고개를 끄덕이면서 각각 9백 킬로그램은 나갈 것 같다고 말했다.

"보브와 비브도 저렇게 클까요?"

내가 물어보았다.

"더 클 거야. 보브와 비브는 홀스타인종이니까 가장 크고 멋지게 자랄 거야."

나는 그 말을 듣자 어깨가 으쓱해졌다. 녀석들을 끌고 나갈 차례가 되자 한층 더 자랑스러웠다. 경연이 잠시 중단되었을 때 어떤 아저씨가 태너 아저씨를 불렀다. 그 사람은 입에 커다란 물건을 대고 말했는데 목소리가 아주 크게 들렸다.

"전시만 하고 팔지는 않습니다. 러닝에서 온 완벽한 한 쌍의 한 살배기 쌍둥이 송아지 보브와 비브를 소개합니다. 소유주는 벤저민 프랭클린 태너, 고삐를 잡고 도는 사람은 로버트 펙입니다."

그 말은 보브와 비브를 데리고 전시장을 세 번 돌고 나오라는 신호였다. 그런데 발이 떨어지지가 않았다. 그러자 태너 아저씨가 뒤에서 막대기로 쿡 찌르면서 속삭였다.

"빨리!"

마침내 나는 보브와 비브를 데리고 톱밥을 깔아 놓은 커다란 전시장으로 들어갔다. 사람들이 보브와 비브를 가리키면서 박수도 치고 손짓도 하면서 환호성을 질렀다. 심장이 하도 심하게 쿵쿵 뛰어서 밖으로 터져 나올 것만 같았다. 문득 엄마와 아빠와 캐리 이모가 나를 볼 수 있으면 얼마나 좋을까 하는 생각이 들었다. 핑키에게도 자랑하고 싶었다. 우리 마을 사람들 전체에게 이 모습을 자랑하고 싶었다. 아니, 에드워드 새처에게 보여 줄 수만 있다면……. 그리고 제이콥 헨리와 베키 테이트에게도…….

쌍둥이 송아지를 데리고 돌면서 사람들의 박수 소리를 듣다가 두 눈을 똑바로 뜨고 곁눈질을 해 봤다. 아는 사람들이 의자에 앉아 있는 모습이 눈에 띄었다. 나는 '예의'라는 단어를 속삭이면서 당당하게 걸어갔다. 뭔가 그럴싸한 사람이 된 듯한 기분이었다.

한 사람이 울타리 너머로 고개를 쑥 내밀고 나에게 물었다.

"어떤 소가 낳았니, 꼬마야?"

"태너 아저씨네 일등 젖소인 '행주치마'가 낳았어요. 얘들 아빠도 아저씨네 소예요."

"베어울프?"

"네, 아저씨."

원을 세 바퀴 돈 다음에 비브 오른쪽 귀를 막대기로 가볍게 두들겼다. 그러자 쌍둥이 송아지가 왼쪽으로 가볍게 돌아서 문 밖으로 나갔다. 사람들은 계속 손뼉을 치면서 환호했다. 심지어 축사 쪽으로 가고 있는 우리를 쫓아오며 보브와 비브에 대해 이것저것 물어보는 사람들도 있었다.

웬일인지 태너 아주머니가 보이지 않았다. 나는 아주머니가 또 쉬러 간 게 분명하다고 생각했다. 그래서 찾기를 포기하고 고개를 들었더니 아주머니가 헐레벌떡 달려오고 있는 게 보였다. 가짜 꽃이 달린 커다란 모자와 머리 위만 보였다.

우리 사이에는 사람들이 아주 많았는데, 모두들 아주머니에게 길을 내주는 것 같았다. 태너 아주머니가 드디어 우리에게 다가왔을 때는 말도 못 하고 숨을 거칠게 몰아쉬기만 했다. 휴식이 필요한 게 확실했다. 어쩌면 아주머니가 마침내 '변태'를 발견하고 사람들에게 말하고 싶어 좀이 쑤시는지도 몰랐다.

"서둘러요. 4H 클럽* 사람들이 아이가 기른 가축을 심사하고 있어요."

아주머니가 숨을 헐떡이며 말했다.

"돼지를?"

태너 아저씨가 물었다.

"아니에요. 아직은 송아지를 심사해요. 하지만 그다음이 돼지예요. 내가 이놈들을 축사에 넣어 놓을 테니, 당신은 로버트를 데리고 빨리 거기로 가 봐요. 나는 이 구두로는 이제 한 발짝도 더 갈 수 없어요."

"빨리 핑키를 데리러 가자."

* 머리(head), 마음(heart), 손(hand), 건강(health)의 머리글자를 따온 세계적인 청소년 민간 단체.

태너 아저씨가 이렇게 말하고는 뛰어갔다. 우리에 가 봤더니 그 많던 가축들이 다 나가고 없었다. 핑키 혼자 꿀꿀거리며 우리를 반겼다. 문을 열고 핑키를 밖으로 내몰았다. 바로 그때 나는 핑키가 어디서 뒹굴었는지 몸이 더럽다는 사실을 알아차렸다.

왼쪽 어깨와 옆구리에 커다란 똥 자국이 있었다. 다른 부분이 아주 깨끗해서(태너 아저씨네 일꾼 덕분이다) 커다란 똥 자국이 더 흉물스럽게 보였다. 나는 당장 무릎을 꿇고 손과 손톱으로 더러운 자국을 닦아 내려고 했다. 보기도 흉물스러웠지만, 냄새도 지독했다. 두 눈이 쓰릴 정도였다.

"얘야, 그렇게 해 봤자 아무 소용도 없어."

태너 아저씨가 입을 열었다.

"그럼 어떻게 해야 하나요?"

"더러운 돼지와 더러운 아이를 씻기는 건 똑같아. 비누와 물이지. 얼른 비누를 찾아와라. 내가 물을 떠 올 테니까."

나는 비누를 찾으려고 사방팔방을 뛰어다녔다. 마침내 장비실에서 비누 하나를 찾았다. 내가 그것을 집어 들었다. 하지만 어떤 남자가 그걸 보고 소리쳤다.

"야, 인마!"

"비누가 필요해요. 나한테 파세요. 우리 돼지가 너무 더러워요. 4H 클럽 사람들이 심사하고 있을 텐데 빠지면 안 돼요. 여기 있어요. 10센트가 전부예요. 손수건 안에 있어요. 다 가지세요."

나는 서둘러 말을 마치면서 손수건을 건네주고 비누를 움켜쥔 채 달리기 시작했다. 비누 주인은 아무 소리도 못 했다.

회전목마를 탈 기회가 날아가 버렸다. 달랑 비누 한 조각에. 하지만 다급한 나머지 다른 건 아무것도 생각할 수 없었다. 태너 아저씨가 걸레를 가지고 왔다. 이윽고 핑키가 아주 깨끗하게 변신했다. 나도 물을 온통 뒤집어써서 흠뻑 젖고 말았다. 비눗물로 두 손을 싹싹 문질러서 씻었다. 하지만 코를 찌르는 냄새는 그대로 남아 있어서 도저히 점심을 못 먹을 것 같았다.

태너 아저씨는 핑키를 씻기느라 너무 많은 시간을 써서 전시장까지 제 시간에 갈 수 없을 거라고 걱정했다. 하지만 우리는 해냈다.

탁 트인 전시장에서 아이들이 원을 그리며 돌고 있었다. 손에는 각자 돼지 한 마리를 끌고 있었다. 한 아이는 아주 멋있는 폴란드 차이나종 돼지를 자랑하고 있었다. 핑키처럼 새하얀 돼지였는데 몸집은 작았다. 나보다 키가 약간 큰 여자아이는 점박이 폴란드종 한 마리를 데리고 있었고, 빨간 머리에 주근깨가 많은 아이는 햄프셔를 데리고 있었다. 새까만 몸통에 어깨 주위에 하얀색 줄이 있는 돼지였다. 만약 송아지라면 보브와 비브 형제라고 착각할 정도였다.

몇몇 돼지는 얌전하지 않았다. 자기 줄에 서 있지도 않았으며, 4H 심사위원들이 손이라도 대면 꿀꿀거리며 야단법석을 떨었다. 우리가 도착했을 때는 원이 만들어지기 직전이었다. 태너 아저씨가 나와 핑키를 밀어서 원 안으로 집어넣었다. 그러자마자 어떤 남자가 문을 닫았다.

너무 서두르다 보니 얼굴에 땀이 줄줄 흘렀다. 아빠가 말한 대로, 일하면서 흘린 땀이 아니라 기분이 언짢았다. 하지만 손수건이 없었다. 그래서 그냥 선 자세로 손을 이마에 올렸다. 바로 그때 돼지 똥 냄새가 확 풍겨 와 정신을 잃을 뻔했다. 상한 음식을 먹은 것처럼 배 속이 뒤틀려서 모두 다 넘어올 것 같았다. 심사위원이 내 쪽으로 다가왔지만 개의치 않았다. 러틀랜드 전시회 여기저기에서 일어나는 소음, 시끄러운 음악 소리, 먼지 따위가 거대하게 소용돌이치는 꿈결 속으로 붕붕 떠다니고 있었다. 회전 목마를 탈 필요가 없었다. 러틀랜드 전체가 나를 태우고 빙빙 돌았기 때문이다.

한쪽 눈이 감겼다. 하지만 다른 쪽 눈을 조금 뜨고 심사위원이 핑키에게 무언가 걸어 주는 것을 보았다. 파란색 물건이었다. 그러나 세상이 온통 녹색으로 변했기 때문에 도통 신경 쓸 겨를이 없었다. 심사위원이 나를 돼지로 착각하더라도 아무렇지 않을 것 같았다. 심사위원이 나에게 뭐라고 말했다. 바로 그때 일을 저지르고 말았다. 몸을 숙이고 톱밥 알갱이들을 마주 보며 모든 걸 토해 냈다. 심사위원 신발에도 튀었다.

회전 목마가 아주 빨라지기 시작했다. 내가 쓰리지는 것 같았다. 그러자 어떤 힘센 팔이 나를 잡았다. 그러지 않았더라면 그대로 고꾸라졌을 것이다.

"내가 데려온 아이올시다. 내가 돌보리다."

태너 아저씨 목소리가 들려왔다.

눈을 떠 보니 핑키 우리 앞이었다. 나는 깨끗한 밀짚더미 위에 누워 있었다. 핑키는 우리 안에 있었고, 태너 아저씨는 바로 옆에 있었다. 태너 아주머니가 깨끗한 수건으로 내 얼굴을 닦아 주고 있었다.

"아이가 이 모양이 되도록 그냥 두면 어떻게 해요?"

태너 아주머니가 아저씨에게 말했다. 태너 아저씨가 고

개를 숙이고 손으로 내 턱을 들어 올렸다.

"기분이 어떠니, 로버트?"

"배가 고파요."

"저것 봐. 저길 보라구."

태너 아저씨가 핑키를 가리키며 말했다.

핑키 목에 파란색 리본이 달려 있었다! 리본에는 금박으로 이렇게 적혀 있었다.

'가장 예절바른 돼지에게 주는 일등상.'

태너 아저씨가 다시 입을 열었다.

"이제 정오쯤 됐을 거야. 점심을 먹자구. 여보, 뭐가 있지?"

그러자 태너 아주머니가 한숨을 내쉬며 말했다.

"당신이나 드세요. 지금은 아무것도 입에 들어가지 않을 것 같아요. 그저 이 지긋지긋한 코르셋을 벗고 싶을 뿐이에요."

# 11

"아빠, 핑키가 파란 리본을 탔어요."

그날 밤, 태너 아저씨가 집에 왔다고 흔들어 깨우자, 나는 잠에서 깨어나면서 그 말을 입 밖으로 뱉어 냈다. 돌아오는 길이 하나도 생각나지 않는 걸 보면, 집까지 오는 동안 계속 잠을 자 버린 게 확실했다. 막 어두워지려고 할 때 파란 리본을 꽉 움켜쥔 채로 태너 아저씨와 아주머니 사이에 앉아 잠에 곯아떨어진 게 어렴풋이 기억났다.

"핑키가 파란 리본을 탔어요. 가장 예의바른 돼지에게 주는 일등상이에요, 아빠."

내가 또다시 말했다.

“그리고 가장 예의바른 아이에게 주는 일등상이 있다면 이 애가 받았을 거야. 우리 송아지를 어찌나 잘 모는지 놀랄 정도였으니까.”

태너 아저씨가 덧붙여 말했다.

“말썽은 안 부리던가?”

아빠가 물었다.

“고맙습니다, 태너 아저씨. 고맙습니다, 태너 아주머니. 덕분에 즐거웠어요.”

내가 서둘러 말했다.

“우리도 고마웠어, 로버트.”

태너 아주머니가 말했다.

“가축들은 박람회가 끝난 다음에 도착할 걸세.”

태너 아저씨도 말했다.

“핑키가 오면 아이를 보내겠네. 또 신세를 졌군, 태너 형제.”

“무슨 소리. 고마운 건 우리야. 일 년생 송아지 한 마리에 5백 달러나 준다는 제안을 받았네, 5백 달러. 아직 반도 안 자랐는데 말이야. 이게 모두 다 태어날 때 도와주고 전시장에서 훌륭하게 소개해 준 자네 아들 덕분일세. 하지만 두 놈을 팔 생각은 없어.”

"내 아들이 도움이 되었다니 기쁘군."

태너 아저씨가 말 머리를 돌려 아저씨네 집으로 향하자, 태너 아주머니는 넓적한 손으로 모자를 꽉 잡았다. 나는 그 자리에 서서 마차가 어둠 속으로 사라지는 걸 지켜보았다. 이윽고 마차 소리가 더 이상 들리지 않았다.

"좋은 이웃이에요."

"그래, 진짜 좋은 이웃이야. 고마운 일이지."

엄마가 집 밖으로 나와 두 팔을 벌린 채 뛰어왔다. 나도 달려가서 엄마 품에 안겼다. 상쾌하고 따뜻한 품이었다. 캐리 이모도 나왔다. 이모를 껴안고 10센트를 어떻게 썼는지 말하고 싶었으나, 그렇게 하지 않는 게 좋겠다는 생각이 들었다. 쓰던 비누 한 토막에 10센트는 너무 비싼 값이었으니까.

"엄마, 이것 보세요. 핑키가 받은 파란 리본이에요!"

내가 엄마에게 말했다.

"당연하지, 핑키는 러닝 마을에서 가장 예쁜 돼지잖니."

"일등상이에요."

다른 아이들이 데리고 온 돼지들에게도 파란 리본을 주었던 게 어렴풋이 기억났다. 하지만 아무려면 어떤가! 핑키가 일등상을 탄 건 틀림없는 사실이었다.

"핑키는 며칠 뒤에 올 거예요."

"핑키가 무척 보고 싶구나."

아빠가 말했다. 그러자 엄마가 빙그레 웃으며 이어 말했다.

"자, 집으로 들어가자. 잠잘 시간이 한참 지났어. 이러다간 내일 일하러 일어나지도 못하겠다."

그 말에 나는 걸음을 멈추었다.

"아빠, 오늘 제가 할 일을 아빠가 다 하셨네요."

"그야 물론이지. 게다가 푸줏간에 일하러도 갔는걸."

"고마워요, 아빠. 신세를 갚을게요."

"그래, 꼭 갚아야 한다. 내일은 두 배로 일해야 해, 알겠지?"

"그럴게요. 전 벌써 아빠에게 사탕수수도 빚졌잖아요."

"그것도 세 포대 가득이다. 핑키가 첫 새끼를 낳거든 갚아라."

엄마가 끼어들며 말했다.

"아니, 남정네들은 잠잘 시간이 지났다는 걸 모르시나? 파이 좀 먹을래, 로버트?"

"그야 물론이지요, 엄마."

우리는 부엌 식탁에 앉아 블랙베리 파이를 먹었다. 나는 파이를 먹으면서 러틀랜드 박람회 얘기를 해 주었다. 내가 아는 이야기에다 약간 지어 낸 이야기까지 들려주었다. 특히 보브와 비브를 데리고 전시장을 돌던 일과 핑키가 파란 리본을 받은 얘기는 한 마디도 빼놓지 않았다.

하지만 쓰러진 일과 심사위원 앞에서 토한 일은 말하지 않았다. 그걸 얘기하면 엄마와 이모가 마음 아파할 게 분명하기 때문이다. 들어서 마음 아파할 이야기라면 안 하는 게 좋지 않겠는가? 재미있는 이야깃거리가 풍부하니까 문제 될 건 없었다. 이를테면 버몬트 사람들이 지켜보는 가운데 내가 쌍둥이 송아지를 이끌고 전시장을 돌았다던가, 어떤 아저씨가 내 이름을 큰 소리로 외쳤다던가 하는 이야기들 말이다. 자리에서 일어나 나를 소개한 사람 흉내를 내기도 하고, 부엌에서 원을 세 바퀴 돌며 러틀랜드 전시장에서 쌍둥이 송아지를 몰던 흉내도 냈다.

그러자 아빠가 입을 열었다.

"나는 어렸을 때나 어른이 된 지금이나 러틀랜드에 한 번도 못 가 봤어. 그런데 넌 혼자서 이웃 아저씨를 따라 다녀왔구나."

"그렇게 큰 도시는 아니에요. 그런데 무지 시끄러웠어요. 밤에도 아침처럼 시끄럽더라구요. 아마 박람회가 진행 되는 일주일 내내 대규모 관악대가 계속 연주하는 것처럼 시끄러울 거 같아요."

"저 입 좀 봐. 그러니 블랙베리가 사방에 튀지."

아빠 말에 우리 모두 한바탕 웃어 댔다. 나는 수돗가로 가서 손과 얼굴을 씻었다. 집에 오니 정말 좋았다. 집을 떠났던 건 채 하루도 되지 않았다. 그런데 마치 별나라에 다녀온 기분이 들었다.

러틀랜드 얘기는 밤을 새워서라도 할 수 있을 것 같았다. 하지만 엄마가 나를 침실로 떠다밀었다. 침대 속으로 들어가자, 엄마가 뒤따라 들어와서 잘 자라는 키스를 해 주었다. 엄마가 살금살금 걸어나가 문을 닫을 즈음엔 조금씩 꿈나라로 접어들고 있었다.

"그래, 여행자께서는 어떠신가?"

"꿈나라로 들어갔어요."

아빠 목소리에 뒤이어 엄마 목소리가 들려왔다.

밤새 닭장에서 소동이 일어났다. 꼬꼬댁거리는 소리와 퍼드덕하는 소리가 요란했다. 위층 복도에 랜턴 불빛이 비치더니, 금세 주위가 조용해졌다. 잠에서 깨어나려고 안간힘을 썼지만 일어날 수 없었다.

눈만 감았다가 뜬 것 같은데 벌써 아침 일을 할 시간이었다. 데이지한테서 우유를 짠 다음, 물과 사료를 줘야 한다. 솔로몬도 똑같다. 솔로몬의 배 밑에 양동이를 들이대는 수고를 할 필요가 없다는 것만 다를 뿐이다. 크림을 걷어 내려고 우유를 분리기에 넣고 있는데, 아빠가 죽은 닭을 들고 닭장에서 나왔다.

"족제비야. 감쪽같이 들어왔어."

"닭을 잡아먹으러 왔나 보죠?"

"그래. 보고 싶니?"

"네, 아빠."

아빠가 나를 데리고 장비실로 들어갔다. 기둥에 걸어 놓은 삼베 자루가 약간 흔들리더니, 우리가 가까이 다가갈수록 심하게 흔들거렸다.

"저게 뭐예요, 아빠?"

"족제비야. 구석으로 몰아서 자루 속에 잡아넣은 건 처음이다. 이빨이 아주 날카로운 놈이지."

"봐도 돼요?"

"저놈을 어떻게 할지 결정한 다음에 보자. 나에게 끼친 손해가 막심하니 간단하게 죽일 수는 없어."

"그럼 놔줄 거예요?"

"그건 말도 안 되지."

"아빠, 지난주에 배스컴 아주머니네 갔는데요……."

"그런데?"

"그 집 일꾼 알죠? 아이라 롱 아저씨 말이에요."

"이름이야 들어 봤지."

"그 아저씨한테 테리어 암컷 한 마리가 있어요. 태너 아저씨가 저를 러틀랜드에 데리고 가 준 것에 대해 배스컴 아주머니에게 고맙다는 인사를 하러 갔다가 봤어요."

"다 큰 개더냐?"

"크기는 한데, 아직 어린 것 같아요."

"얘야, 아침 먹고 나서 롱 아저씨한테 가서 개랑 한판 붙을 족제비를 잡았다고 전하거라. 아주 좋아할 게다."

"그럴게요. 개가 족제비를 잡는 건 한 번도 못 봤어요."

한 시간 뒤, 말 한 마리가 끄는 마차가 우리 집 마당으로 들어섰다. 아이라 롱 아저씨와 나 그리고 아저씨 개 허시가 타고 온 마차였다. 나는 허시가 작고 귀여워서 집으로 오는 내내 꼭 껴안고 있었다. 그렇게 귀여운 개가 어떻게 족제비를 잡을지 궁금했다.

아빠가 우리를 맞아 주었다. 아빠가 아이라 아저씨에게 손을 내밀며 말했다.

"헤븐 펙이라 하오. 이렇게 와 줘서 고맙소."

"아이라 롱입니다. 아드님과는 벌써부터 알고 지냈답니다."

"이 마을에 산다면 누구나 그렇지요."

두 사람이 웃음을 터뜨렸다. 왜 웃는지 몰랐지만, 나도 함께 웃었다.

"정말 좋은 아이예요."

아이라 롱 아저씨가 말했다.

아빠는 아직도 내가 안고 있는, 회색과 흰색이 섞인 작은 개를 유심히 바라보았다.

"족제비랑 싸움을 붙인 적이 있나요?"

"아직요. 그런데 족제비 한 마리를 잡았다면서요?"

"아주 커다란 놈이에요. 힘도 세고 이빨도 날카로워요."

"아빠, 개랑 족제비랑 싸움을 붙이는 이유가 뭐예요? 구경하려고 그러는 건가요?"

"아니야, 그럴 만한 이유가 있어. 족제비랑 싸워 본 개는 숨이 멎을 때까지 족제비를 미워하게 돼. 그래서 그 개는 주위에 족제비가 있으면 단번에 알 수 있지. 구멍 안으로 도망가면 구멍을 파내서 잡아 죽인단다. 우리처럼 닭을 키우는 집에는 그런 개가 필요해."

아이라 롱 아저씨가 말을 받았다.

"그건 사실이란다. 이제 이 근방에 있는 모든 족제비는 앞으로 허시가 무서워서 벌벌 기게 될 거야."

아빠와 아이라 롱 아저씨가 장비실로 걸어갔다. 나는 허시를 안고 따라갔다. 우리가 안으로 들어가자, 삼베 자루가 미친 듯이 요동쳤다. 허시가 부르르 떠는 게 느껴졌다. 앞으로 무슨 일이 벌어질지, 어떻게 해야 살 수 있는지 본능적으로 깨닫는 것 같았다. 이윽고 허시도 나지막이 으르렁거리기 시작했다.

"허시는 앞으로 훌륭한 족제비 사냥개가 될 겁니다."

아이라 롱 아저씨가 말했다.

"곧 알게 되겠지요."

아빠가 대답했다.

아빠가 기둥에 매달린 삼베 자루를 내렸다. 자루 안의 족제비가 씩씩거리며 으르렁댔다. 개와 족제비는 서로 볼 수 없었다. 하지만 둘은 서로의 존재를 느끼고 있는 게 분명했다.

"내가 통을 가져올게요."

나는 아이라 롱 아저씨에게 개를 건네주면서 광으로 뛰어갔다. 거기에는 올해의 가을걷이를 기다리는 꽤 크고 텅 빈 사과통이 있었다. 나무 뚜껑이 있기 때문에 안성맞춤이었다. 나는 뚜껑을 팔에 들고 빈 통을 옆으로 누인 채 굴리면서 아빠와 아이라 롱 아저씨한테 갔다. 아이라 롱 아저씨는 개를 안고 있었고, 아빠는 삼베 자루 주둥이를 꽉 잡고 있었다. 나는 입구가 위로 오게 빈 통을 세운 다음, 뚜껑을 들고 덮을 준비를 했다.

"본때를 보여 줘라, 허시."

아이라 롱 아저씨가 말을 마치고 허시를 빈 통에 넣었다.

허시가 부르르 떨자 사과통도 같이 흔들렸다. 아빠가 자루를 들고 앞으로 나오면서 물었다.

"덮을 준비 됐니?"

"네, 아빠."

"내가 이놈을 집어넣으면 재빨리 뚜껑을 덮어라, 알겠지?"

"네, 아빠."

아빠가 손쉽게 자루를 열고 족제비를 사과통에 집어넣었다. 나는 재빨리 뚜껑을 덮었다. 통이 심하게 흔들려 계속 붙잡고 있기가 힘들었다. 아이라 롱 아저씨와 아빠가 다가와서 통이 쓰러지지 않도록 꽉 잡았다.

어두운 통 안에서 으르렁거리며 깨무는 소리와 할퀴는

소리가 숨가쁘게 흘러나왔다. 덩치는 개가 훨씬 컸다. 그러나 족제비는 어둠에 익숙했다. 솔직히 말해서 개와 족제비의 싸움이 굉장히 흥미진진할 거라고 생각했다. 하지만 그 순간이 너무 싫었다. 모든 것이 의미 없어 보였고, 그 자리에서 뚜껑을 잡고 있는 나 자체가 싫었다. 이 일에 끼어들었다는 것 자체가 창피했다. 아빠 얼굴을 쳐다보니, 아빠도 그다지 유쾌한 심정이 아닌 것 같았다.

마침내 싸우는 소리가 그쳤다. 아무 소리도 들리지 않았다. 아빠가 나에게 고개를 끄덕거렸다. 나는 안을 들여다볼 수 있을 만큼만 뚜껑을 조금 열었다. 개가 낑낑거리며 우는 소리가 들렸다. 도저히 잊혀지지 않을 소리, 다시는 듣고 싶지 않은 소리였다.

아이라 롱 아저씨가 뚜껑을 열고 안을 들여다보았다. 족제비는 죽어 있었다. 가죽과 살과 뼈가 갈기갈기 찢긴 상태였다. 사과통 안은 바닥에서 꼭대기까지 온통 피범벅이었다. 개는 아직 살아 있었다. 하지만 끔찍한 상태였다. 한쪽 귀가 반쯤 찢어져 나가 너덜거렸으며, 온몸이 피투성이였다. 녀석이 조그만 다리를 흔들자 바닥에 고인 피가 철벅거렸다. 낑낑거리며 애처롭게 쳐다보는 모습이 마치 이 고통을 빨리 끝내 달라고 사정하는 것 같았다.

아이라 롱 아저씨가 통에서 허시를 끄집어냈다. 허시는 이빨을 드러내며 아저씨 손을 깨물었다. 아이라 롱 아저씨가 비명을 지르며 허시를 땅바닥에 내동댕이쳤다. 앞발 하나가 너무 심하게 물어뜯겨서 더 이상 발이라고 할 수 없을 정도였다. 발에 있는 모든 뼈가 조각조각 부서진 게 틀림없었다. 그건 개가 아니라 고깃덩어리에 불과했다.

"그냥 죽이세요."

내가 소리쳤다.

"뭐라구?"

아이라 롱 아저씨가 소리쳤다. 손에 난 피가 소맷자락으로 젖어 들고 있었다.

"죽어 가고 있잖아요. 허시를 조금이라도 사랑한다면 지금 당장 죽이세요. 허시가 족제비를 죽였어요. 아저씨가 원하는 대로 했잖아요. 저렇게 고통스러워하고 있어요. 아저씨가 못 하겠다면 내가 죽이겠어요."

"말조심해. 어른한테 그게 무슨 소리야!"

아이라 롱 아저씨가 화를 내면서 소리쳤다.

"저 애 말이 맞아요. 총을 가져오겠소."

아빠가 총을 가지고 올 때까지 가련한 허시는 땅바닥에 누워서 계속 낑낑거렸다. 아빠가 총을 쏘자 허시는 잠시 경련을 일으키더니 땅바닥에 축 늘어졌다. 아무도 입을 열지 않았다. 우리 셋은 예전에 다정하게 지냈던 귀여운 강아지가 누워 있는 흙바닥을 가만히 내려다보았다.

"셰이커 교본을 걸고 맹세하건대, 다시는 개와 족제비를 싸우게 하지 않겠어. 설사 닭을 모조리 다 잃게 된다 해도 말이야."

나는 장비실에서 삽 한 자루를 들고 나와 사과나무 근처 큰조아재비 풀밭에 땅을 파고 허시를 묻었다. 그리고 무릎을 꿇고 기도했다.

"허시, 인간은 모두 멍청이 바보야. 하지만 넌 아주 용감했어."

# 12

핑키가 집에 도착했다.

나는 내 방에 걸어 놓았던 파란 리본을 가지고 나와 핑키에게 보여 주었다. 핑키는 한 번 냄새를 맡더니, 그걸로 끝이었다. 내가 등을 긁어 주면서 말했다.

"핑키, 너는 정말 훌륭한 돼지야. 버몬트 전체에서 가장 예의 바른 돼지잖아."

핑키가 대수롭지 않다는 표정으로 콧방귀를 뀌었다. 나는 핑키가 자만에 빠지지 않는 것이 기뻤다. 거만한 돼지는 키우기가 힘들 터이기 때문이다. 나는 다시 집으로 뛰어들어가 파란 리본을 내 방에다 걸어 놓았다. 다시 밖으로 나왔을 때 아빠가 푸줏간에서 돌아왔다. 아빠 옷이 굉장히 지저분했다.

"아빠, 하루 종일 돼지를 잡고 난 뒤에도 그 옷을 입고 있는 게 싫지 않으세요?"

"태워서 묻어 버리고 싶단다."

"하지만 돼지 잡을 때 가죽 행주치마를 입을 텐데, 왜 그렇게 더러워졌어요?"

"어차피 죽는다는 건 더러운 일이야. 태어나는 것과 마찬가지로 말이야."

"그렇게 생각해 본 적은 한 번도 없어요. 어쨌든 아무도 핑키를 죽이지 않을 테니 기뻐요. 핑키는 씨받이 돼지가 될 거예요. 그렇죠, 아빠?"

아빠는 아무 대답도 하지 않고 울타리 쪽으로 걸어가서 핑키를 바라보았다. 이윽고 울타리를 넘어가더니, 핑키 옆에 무릎을 꿇고 앉아 핑키의 등을 쓰다듬었다. 이어서 궁둥이를 꼼꼼하게 살펴보고, 냄새도 맡아 보고, 손으로 만져 보기도 했다.

"왜 그래요, 아빠? 핑키가 병이 났나요?"

"아니, 병이 나서 그러는 게 아니야. 단지 약간 늦는 것 같아서……. 몇 주 전부터 발정하는 모습을 보여야 하거든. 벌써 수퇘지와 세 차례는 짝짓기를 했을 텐데. 어쩌면 씨가 맺히지 않는 돼지일지도 몰라."

"뭐라구요? 그렇다면……."

"아직 확실히 몰라. 어쩌면 그럴지도 모른다는 거야."

"매티 이모처럼요?"

"그래. 하지만 그런 말은 하는 게 아니야. 그 말을 들으면 매티 이모가 얼마나 속상하겠니? 괜히 다른 사람 마음을 아프게 할 필요는 없어."

"그런데 아빠 생각에는 핑키도 그렇다는 말이에요? 솔직하게 말해 주세요, 아빠."

"그렇다, 로버트. 내 생각엔 새끼를 못 낳을 것 같아."

"아니에요, 아니에요! 거짓말이에요!"

나는 두 주먹을 꽉 쥐고 울타리를 때리고 또 때렸다. 두 주먹이 아플 때까지.

"얘야, 아무리 그래도 소용 없단다. 진실을 외면할 수는 없는 법이야."

아빠가 울타리를 넘어 헛간으로 걸어갔다. 아빠의 크고 마른 뒷모습은 아무리 피곤하더라도 아직 남아 있는 일을 처리해야 한다는 걸 말하는 것 같았다.

"로버트!"

그때 부엌문 앞에 서 있던 엄마가 불렀다. 나는 핑키를 그대로 놔 두고 엄마를 향해 언덕배기를 뛰어올랐다. 엄마는 젖은 손을 앞치마에 닦고 있었다.

"가서 다람쥐 한 마리만 잡아 오너라."

엄마가 웃는 얼굴로 말했다.

나는 집으로 들어가서 난로 위에 걸려 있는 22구경 소총을 꺼내고 총알을 주머니에 넣은 다음 밖으로 나왔다. 보통 때 같으면 아주 좋아했겠지만 지금은 그렇지 못했다.

폐광을 지나 산등성이 서쪽 끝으로 가면 호두나무가 많았다. 가을이라서 호두가 먹음직스럽게 열려 있을 터였다. 나는 산등성이 위로 올라가 나무 사이를 살펴보면서 뱃살이 통통하게 오른 회색 다람쥐를 찾았다.

근처의 떡갈나무 높은 곳에 마른 잎과 가지로 지은 둥근 갈색 둥지가 있었다. 그 주위로 아무런 움직임도 없었지만 나는 군인처럼 움직이지 않고 가만히 서서 기다렸다. 눈동자를 돌려 다른 나무 꼭대기도 살펴봤지만 아무것도 보이지 않았다. 회색 다람쥐는 흔적도 보이지 않았다. 그래서 나는 숲 속으로 좀 더 들어가 그루터기에 걸터앉았다. 계곡을 내려다보니, 사방에 노란 단풍이 흠뻑 들어 있었다. 누군가가 달걀을 깨뜨려 온통 흩뿌린 것 같았다.

바로 그때 다람쥐 소리가 들렸다. 한 놈이 머리 위 나뭇가지에 앉아 기다란 꼬리를 흔들면서 칙칙칙 소리를 내고 있었다. 소금 뿌리는 소리와 비슷했다. 총은 벌써 장전되어 있었다. 나는 총을 들어 앞쪽 가늠쇠를 뒤쪽에 V 자 모양으로 새겨진 부분에 갖다 댔다. 가늠쇠가 다람쥐를 정확히 겨누자 방아쇠를 당겼다.

발목에 매여 있는 밧줄을 확 잡아채기라도 한 것처럼, 다람쥐가 가지에서 떨어져 수북이 쌓여 있는 낙엽 위로 나뒹굴었다. 가까이 다가갔을 때도 다람쥐는 여전히 몸을 비비 틀며 경련하고 있었다. 나는 다람쥐 뒷다리를 움켜쥐고 몸체를 흔들어 나무 밑동에 세게 내리쳤다. 그러자 다람쥐는 등뼈가 으스러지면서 죽었다.

나는 집으로 돌아가, 부엌문 앞에서 위장을 다치지 않게 하려고 조심하면서 다람쥐 배를 칼로 쨌다. 아직 따뜻한 위장을 꺼내 부엌 싱크대로 가져가 물로 깨끗이 씻었다. 엄마는 깨끗한 하얀색 손수건을 미리 준비해 두고 있었다. 나는 위장을 찢어 잘게 부서진 호두 알맹이들을 손수건 위에 쏟아 낸 다음, 잘 마르도록 펼쳐 놓았다. 엄마가 손수건을 난로 위에 있는 따뜻한 오븐에 올려놓았다.

초콜릿 케이크는 아직 눈에 띄지 않았다. 하지만 어딘가에 틀림없이 있을 것이다. 만약 케이크를 만들지 않았다면 다람쥐를 잡아 오라고 하지 않았을 것이기 때문이다. 나는 밖으로 나가 나머지 다람쥐 고기를 조각내서 닭들에게 던져 주었다. 그러자 닭들이 커다란 조각을 둘러싸고 싸움질을 벌였다. 커다란 놈이 조그만 놈을 사정없이 밀어붙였다. 가장 힘이 없는 놈들은 조그만 조각도 먹을 수 없었다. 한참 생각에 잠겨 있는데, 아빠가 등 뒤로 다가왔다. 우리는 커다란 닭이 커다란 고깃점을 먹고, 아주 조그만 놈은 입도 못 대고 구경만 하는 모습을 같이 지켜보았다.

"저건 불공평해요. 그렇지 않아요, 아빠?"

"로버트, 어차피 이 세상은 공평한 곳이 아니야."

"사과나무는 어때요? 이제 사과를 딸 때가 되지 않았나요?"

"아직 이틀은 더 있어야 해. 올해는 사과가 많이 열리지 않아서 떨어지기 전에 따야 해. 지난 6월에 자벌레가 기승을 부리면서 싹을 너무 많이 먹어 치웠어."

"연기를 피웠잖아요, 아빠?"

"물론 그랬지. 하지만 재료가 잘못 섞였나 봐. 다시 말해 봐라, 로버트. 어떻게 했지?"

"아빠가 시킨 대로 했어요. 지난 5월에 난로와 곤로 안에 있는 검은 재를 다 끄집어 내서 생석회를 섞어 가지고 과수원에 있는 사과나무 밑에 뿌렸어요."

"몇 그루에나?"

"열여덟 그루요. 지난겨울에 한 그루가 죽었어요."

"재료를 섞을 때 내가 말한 만큼 물을 넣었니?"

"네, 아빠. 한 무더기마다 물 한 컵을 부어 잘 섞었어요. 그래서 연기가 아주 많이 났어요."

"그날 바람이 불었니?"

"생각해 보니 그런 것 같아요. 그래서 연기가 그냥 날아갔어요."

"얘야, 재와 석회는 언제나 나무에 바람이 부는 방향으로 놓아야 해. 나무 하나하나마다 바람 부는 방향을 자세히 살펴서 말이야. 과수원에서는 바람의 방향이 수시로 변하거든."

"미안해요, 아빠. 제가 잘못해서 자벌레가 많아졌어요."

"다음 봄에는 제대로 할 수 있겠지, 로버트. 뭐든 제대로 하려면 시간이 걸리는 법이야. 어설프게 두 번 하는 것보다 확실하게 한 번 잘하는 게 낫단다."

"알겠어요, 아빠."

"농장일을 어떻게 하는지, 그리고 어떻게 해야 훌륭한

농부가 되는지 항상 살펴봐야 한다. 태너 아저씨네 농장 봤지?"

"물론이죠. 아주 많이 봤어요."

"그냥 눈으로 본 걸 묻는 게 아니다. 내 말은 자세히 살펴 봤냐는 거야. 울타리는 늘 반듯이 세워서 하얗게 칠해 놓았지. 가축도 모두 깨끗하고……. 그리고 건초를 어떻게 장만하는지 잘 봐 둬라. 러닝 마을에서 그만한 건초더미는 없을 거야."

"태너 아저씨는 정말 훌륭한 농부예요."

"그 사람은 새벽 여섯 시와 저녁 여섯 시에 외양간에 간단다. 맨 처음 짜낸 우유가 양동이에 떨어지는 소리에 시계를 맞춰도 될 정도지."

"태너 아저씨가 아빠보다 훌륭한 농부인가요?"

"그럼. 농장일은 그 사람이 나보다 잘해. 그 사람이 내 앞에서 그렇게 말한 적은 없어. 하지만 그 사람도 알고 나도 알아. 그걸 두고 옥신각신할 필요는 없지."

"하지만 저는 커서 태너 아저씨가 아니라 아빠처럼 되고 싶어요."

"그런 소리 마라."

"왜요, 아빠? 저는 아빠처럼 될래요."

"안 돼, 로버트. 나처럼 되면 안 돼. 학교를 다녀서 읽고 쓰고 계산하는 법을 배워야 해. 그래서 새로운 방법으로 과수원에 있는 벌레를 잡을 수 있어야 해."

"살충제요?"

"그래, 그리고 농사일보다 더 훌륭한 일을 해야 해. 다른 사람의 돼지를 잡는 일은 해서도 안 되고, 모자를 벗어 들고 남에게 고기를 얻으려 해서도 안 된다."

"하지만 아빠는 훌륭한 도살꾼이잖아요. 태너 아저씨도 아빠가 이 마을에서 가장 솜씨 좋은 도살꾼이라고 하던걸요?"

"태너 아저씨가 그렇게 말했니?"

"그럼요, 아빠. 돼지 반쪽만 봐도 물에 끓여서 털을 긁어낸 사람이 아버지라는 걸 한눈에 알 수 있대요. 아빠가 돼지를 잡으면 뭔가 다르대요. 머리에서 궁둥이까지 정확히 자르는 솜씨는 아빠를 쫓아올 사람이 없대요. 심지어 꼬리까지 정확히 반쪽으로 잘린다고요. 러틀랜드에 갔다 올 때 태너 아저씨가 다 말해 줬어요."

"뭔가 잘하는 게 있다니 정말 기쁘구나."

그때 엄마가 부엌문 앞에서 외치는 소리가 들렸다.

"저녁 다 됐어요! 그렇게 닭들에게 설교하면서 저녁 시간을 다 보낼 생각이에요?"

"아니, 꼬마 수탉 한 마리한테만 설교하는 거요. 다른 닭들한텐 설교할 필요가 없지."

아빠가 큰 소리로 맞장구쳤다.

엄마가 웃으면서 안으로 들어갔다. 우리는 우물가로 가서 손과 얼굴을 씻었다. 아빠가 한 손을 내 어깨 위에 올려놓고 집 안으로 들어가면서 말했다.

"하루 일이 끝나면 씻고 또 씻는데도 돼지 냄새가 좀처럼 떠나질 않아. 그래도 네 엄마는 조금도 불평하지 않았어. 이렇게 오랜 세월이 흐르는 동안 단 한 번도 내 몸에서 지독한 냄새가 난다는 말을 한 적이 없단다. 언젠가 내가 엄마에게 미안하다고 말한 적이 있지."

"그러니깐 엄마가 뭐랬어요?"

"엄마가 말하길, 나한테서 성실하게 노동한 냄새가 난다더구나. 그러니 창피하게 여길 필요가 없대."

우리는 따뜻한 과자와 벌꿀을 곁들여 저녁을 맛있게 먹었다. 식사를 마치자, 초콜릿 케이크가 나왔다. 다람쥐 위장에서 꺼낸 호두는 충분히 말라 있었다. 캐리 이모가 따뜻한 오븐 위에 두었던 호두를 가져와 케이크 위에 뿌렸다. 커다란 초콜릿빛 하늘에 하얀 별들이 박힌 것 같았다.

나는 케이크 한 조각을 입 안에 넣었다. 둘이 먹다가 하나가 죽어도 모를 만큼 맛있었다.

저녁 식사 후에 설거지 따위의 잡일을 마치고 엄마와 이모는 부엌에서 잡담을 즐겼다. 아빠와 나는 거실 벽난로 앞에 앉았다. 불을 평소보다 일찍 피워 놓았다. 하지만 불길이 사그라지고 있었다. 사람처럼 잠자리에 들 준비를 하는 것 같았다. 날씨가 점점 추워지고 있었다. 하지만 벽난로를 피워 놓아서 포근했다. 이런저런 이야기를 나누며 불꽃을 바라보고 있으니 기분이 참 좋았다.

언젠가 아빠는 나무가 사람을 세 번 따뜻하게 만들어 준다고 말한 적이 있다. 나무를 자를 때와 나무를 운반할 때, 그리고 그것을 태울 때다.

"아빠, 겨울이 오고 있어요."

"그렇구나."

"새 겨울 코트가 필요해요."

"그렇다면 엄마에게 하나 만들어 달라고 하렴."

"가게에서 파는 코트가 입고 싶어요. 하나만 사 주세요."

"그건 나도 마찬가지란다. 하지만 한 가지 명심해야 할 게 있다. 필요하다고 모두 다 사는 건 아니라는 거야. 다른 사람들이 갖고 있다 해서 다 따라 할 필요는 없어. 네가 어떤 일을 하느냐가 더 중요해. 겉보다는 속이 중요하단 말이다. 엄마가 좋은 코트를 만들어 줄 거야."

"이번 한 번만 가게에서 파는 코트를 사 주세요. 물소 가죽에 빨강색과 검정색 체크무늬가 있는 걸로요. 제이콥 헨리도 가지고 있단 말이에요. 주머니에 돈을 넣고 잡화점으로 당당하게 들어가 하나하나 만져 보고, 냄새도 맡아 보고 싶어요. 신발을 살 때처럼요."

"좋아, 정말 좋은 생각이야."

"제이콥 헨리가 그러는데, 러닝 읍내에 가면 사기 전에 마음에 드는 것을 입어 보게 하는 가게가 있대요. 사지 않더라도 가게 안을 둘러보면서 마음에 드는 코트를 입어 볼 수도 있어요. 하지만 저는 빨강색과 검정색 체크무늬 코트를 사고 싶어요. 제이콥 헨리가 산 것처럼요. 그러면 앞으로 평생 동안 입을 수 있잖아요? 조심해서 닳지 않게 입을게요."

"닳기 전에 몸이 커져서 못 입게 될 거야."

"그럴지도 모르죠. 하지만 꼭 그런 코트를 입고 싶어요. 우리는 왜 항상 검소하게 살아야 하죠? 왜 그렇죠, 아빠?"

"셰이커 교인이니까."

"그러면 그런 코트는 평생 가도 못 입겠군요."

"입을 수 있어. 돈을 벌면 말이야. 이제 너도 어른이 될 거야. 멀지 않았어."

"언젠가는요."

"언젠가가 아니야, 로버트. 지금 그래야 돼. 이번 겨울에 말이다. 네 누이 네 명은 모두 다 시집가서 자리를 잡았고, 두 형은 죽었어. 태어나자마자 죽어서 과수원에 묻혔지. 그러니 이제 너밖에 없어, 로버트."

"왜 그런 말씀을 하세요, 아빠?"

"그건 말이다, 그건 내가 이번 겨울을 넘기기가 어려울 것 같기 때문이야. 몸이 이상한 것 같구나."

"병원에 가 보셨나요?"

"그럴 필요는 없어. 모든 건 끝이 있는 법이야."

"아니에요, 아빠. 그런 말씀은 하지 마세요."

"내 말 잘 들어, 로버트. 진심으로 말하는 거다. 현실을 똑바로 봐야 해. 피할 순 없어. 어린애처럼 굴면 안 돼."

"아빠, 아빠……."

"엄마랑 이모에겐 말하지 마라. 하지만 이제부터 이 농장을 어떻게 운영해야 하는지 잘 들어야 한다. 5년만 잘 지내면 이 땅은 우리 것이 돼. 가축도 모두. 5년만 돈을 갚으면 말이야. 그즈음이면 너도 학교 공부를 마치겠지."

"학교를 그만두고 일이나 열심히 하겠어요."

"그러면 안 돼. 학교 공부를 마쳐야 해. 그래서 많은 걸 배워야지."

나는 의자에서 일어나 아빠 옆으로 다가가 팔소매를 잡았다. 아빠 몸이 뻣뻣하게 굳은 걸 느낄 수 있었다. 아빠가 눈길을 다른 곳으로 돌리며 말을 이어나갔다.

"이젠 네가 해야 해, 로버트. 엄마와 이모 둘이서는 할 수 없단다. 봄이 오면 너는 더 이상 어린애가 아니야. 어른이라구, 열세 살짜리 어른. 어른이 되기에 충분한 나이지. 이곳에서 일어나는 모든 일을 네가 책임지고 처리해야 해, 로버트. 너말고는 책임질 사람이 없어. 바로 너말고는."

"아빠, 제발 그만하세요."

"엄마와 이모가 더 이상 너를 보살필 수 없어. 오히려 네가 돌봐 드려야 해. 두 사람은 이제 늙었어. 너무 오랫동안 고생했기 때문이야. 네 엄마도 젊은 나이가 아니란다. 그리고 이모는 벌써 일흔 살을 바라본다구."

"일흔 살이오?"

"그래. 내 생각이 틀릴지도 모르지만, 간단하게 말하자면 난 이제 얼마 못 살 것 같다. 동물은 자기가 죽을 때를 아는 법이야. 그런 점에서 나 역시 예민한 동물적 감각을 가지고 있어."

도저히 믿을 수가 없었다. 무슨 말을 해야 좋을지 몰라 입을 열 수가 없었다. 아빠가 나를 껴안고 쓰다듬어 주기만 기다렸다. 하지만 아빠는 의자에서 일어나 난로에 있는 뜨거운 돌멩이를 보자기에 주워 담고 침실로 갔다. 엄마와 이모도 부엌에서 나와 침실로 들어갔다. 집 안에 정적과 어둠이 깔렸다.

나는 빨간 불씨가 사그라지는 것을 지켜보며 앉아 있었다. 불씨가 다 꺼질 때까지 마냥 그러고 있었다. 결국 모든 건 죽게 되나 보다.

# 13

10월이 되자, 온 세상이 빨랫줄에 널어놓은 빨래처럼 울긋불긋했다. 그리고 11월이 왔다. 어두운 새벽에 우유를 짜러 외양간으로 걸어갈 때, 차가운 공기가 허파 속으로 파고드는 걸 느낄 수 있었다.

아빠는 몇 주일 동안 핑키를 살펴보았다. 사료에 고기를 섞어 색다른 음식을 만들어 주라는 얘기도 했다. 그러면 성격이 사나워져서 발정할지도 모른다는 것이다. 하지만 핑키는 전혀 발정할 기미를 보이지 않았다. 핑키가 나이를 먹었다는 징후가 없었다. 태너 아저씨가 사냥개를 데리고 들꿩을 사냥하러 산등성이로 올라오는 것을 보고, 아저씨에게 달려가 그 사실에 대해 말했다. 그러면서 핑키가 새끼를 정말 밸 수 없는지 물어 보았다. 태너 아저씨는 다음 날 아침에 한번 들르겠다고 말했다.

아저씨는 정말 찾아왔다. 아침 일을 미처 끝내기도 전에 우마차 소리가 들렸다. 보브와 비브가 우마차를 끌고 있었다. 벌써 그만큼 자란 것이다! 태너 아저씨 뒤쪽은 널빤지로 가려져 있어서, 그 안에 무엇이 들어 있는지 알 수가 없었다. 나는 하던 일을 멈추고 달려가서 아저씨를 맞이했다.

"안녕하세요, 아저씨?"

"잘 잤나, 로버트? 좋은 날이군."

틈새로 들여다보니, 마차 안에는 태너 아저씨가 자랑하는 읍내 최고의 수퇘지가 들어 있었다. 수놈답게 덩치도 크고 아주 사나웠다. 육질이 나무 껍질처럼 질겨서 아무도 그놈을 씹어 먹을 수 없을 것 같았다.

"암퇘지는 어디 있니?"

"저 안에 있어요."

내가 핑키 우리를 가리키며 말했다.

"아빠는 집에 계시니?"

"안 계세요. 이른 새벽에 일하러 가셨어요. 11월은 아주

바쁘시거든요."

"상관없다. 핑키가 새끼를 가질 수 있는지 없는지 알아보러 온 거니까. 암컷 중에는 수컷이 꼬셔야만 반응을 보이는 놈이 있거든. 너나 나는 핑키를 발정하게 만들 수 없을 거야. 핑키한테 우리는 멋있는 수컷이 아닐 테니까. 하지만 핑키가 삼손의 냄새를 맡을 때까지 기다려 보자. 우리는 몰라도 삼손은 발정하는 냄새를 풍길 수 있을 거다. 그러면 핑키의 태도도 바뀔 거고."

우리는 우마차 뒷부분을 조그만 우리 쪽으로 대고, 삼손이 내릴 수 있도록 판자를 대 주었다. 아저씨와 함께 우마차 뒤쪽의 널빤지를 걷어 내고 나서야 비로소 삼손을 자세히 볼 수 있었다. 2백 킬로그램 안팎의 거대한 폴란드종이었다. 태너 아저씨가 쿡쿡 찌르자 그놈은 우마차에서 제왕처럼 의젓하게 걸어서 밑으로 내려왔다. 햇살이 비치자, 코에 매단 큼지막한 청동 고리가 번쩍거렸다.

"우리 암퇘지는 모두 다 새끼를 낳았지. 그러니 저놈도 핑키를 만나면 좋아할 게다. 일주일이 넘도록 독수 공방 신세였으니 이제 몸을 풀 때도 됐지."

나는 뒤로 돌아가서 핑키를 불렀다. 핑키는 제 발로 걸어 나오지 않았다. 하지만 끌고 나오기에는 덩치가 너무 컸다. 그래서 나는 조그만 회초리를 들고 궁둥이를 때리면서 삼손이 기다리는 우리 안으로 억지로 몰아넣었다. 우리 안으로 들어갈 때, 태너 아저씨가 꼬리 밑 궁둥이에 돼지기름을 한 움큼 발라 주었다.

핑키의 덩치는 꽤 컸다. 하지만 삼손 옆에 세우니 절반 크기밖에 안 됐다. 핑키가 삼손을 한번 흘끗 쳐다보더니 여느 때처럼 땅바닥에 코를 박고 삼손의 정체를 알아내려고 킁킁거리며 냄새를 맡았다. 핑키 궁둥이는 원래부터 바짝 말라 있었지만, 그렇다고 해서 발정하지 못하리라는 법은 없었다.

삼손이 꿀꿀거리면서 핑키 옆으로 다가가 코로 밀었다. 핑키는 움직이지 않고 가만히 있더니, 삼손이 코로 다시 밀자 몸을 뒤로 뺐다. 이번에는 삼손이 핑키 옆으로 다가가서 어깨를 문지르고는 핑키 궁둥이에 코를 대고 냄새를 맡았다. 하지만 핑키가 홱 피하면서 뒷발로 걷어찼다. 삼손이 냄새를 맡으려고 끈질기게 달라붙었지만 핑키는 순순히 응하지 않았다. 급기야는 몸을 돌려서 삼손의 귀 끄트머리를 이빨로 물어뜯어 찢어 놓았다. 그러자 태너 아저씨가 막대기로 핑키를 세게 때리며 말했다.

"짝짓기를 하려면 저런단다. 삼손은 뺨을 한 대 맞은 정도에 불과해."

핑키와 삼손은 움직이지 않고 서로를 쳐다보기만 했다. 태너 아저씨가 파이프에 불을 붙이며 물었다.

"아빠 건강은 어떠시냐?"

문제 될 게 없다는 듯 너무나 가볍게 묻는 질문이었다. 하지만 속마음은 그렇지 않다는 걸 알고 있었다. 내가 아무 말도 하지 않자, 태너 아저씨가 나를 물끄러미 내려다보며 대답을 기다렸다.

"좋은 편이에요. 지금까지 돼지 잡는 일을 하루도 거르지 않을 정도로 건강하세요."

내가 먼 산을 바라보면서 대답했다. 하지만 그다음에 무슨 말을 해야 좋을지 몰라 골똘히 생각하고 있는데, 미스 사라가 헛간에서 나왔다. 새끼 고양이 세 마리도 뒤따라 나왔다. 하지만 이제 자기 어미만큼 자라서 새끼라고 할 수 없을 것 같았다.

"새끼 고양이가 이제 다 자랐어요."

내가 말했다.

"우리 집에도 케일러브라는 커다란 고양이가 있어. 케일러브가 저 새끼 고양이들의 아빠가 아니라면 난 집에 갈 때 삼손을 타고 가마."

나는 삼손을 쳐다보며 죽은 사람이든 산 사람이든 녀석을 타고 갈 사람은 없을 거라고 생각했다. 삼손은 엄청 사나워 보이는 수퇘지였다. 태너 아저씨가 펜치나 철사 절단기로 송곳니를 잘라 냈다는데도 녀석의 입은 무시무시해 보였다. 장담하건대, 삼손의 이빨을 잘라 내는 일도 장난이 아니었을 거다.

"케일러브가 미스 사라를 임신시켰으니, 삼손이 핑키를 임신시키면 정말 잘 어울리겠네요."

내가 말했다.

"물론 그렇겠지. 하지만 명심해라, 얘야. 새끼를 가지면 답례를 톡톡히 해야 할 거야."

"답례요?"

"50달러를 주든지 새끼 두 마리를 주든지, 둘 중 하나를 선택하라구."

태너 아저씨가 빙그레 웃으면서 대답했다.

"새끼 두 마리를 드리겠어요."

"좋아."

이제 마음씨 좋은 이웃집 아저씨가 찾아와서 도와주는 게 아니었다. 진짜 장사였다. 삼손 역시 그 사실을 잘 알고 있는지, 커다란 코로 어깨를 밀어서 핑키가 반쯤 몸을 돌리게 만들더니, 재빨리 궁둥이에 올라타고 울타리까지 밀고 갔다. 뒷발로 강하게 밀어붙이고, 앞발은 핑키 어깨 위에 올려놓은 상태였다. 녀석의 그것이 곤두선 게 핑키 몸 안으로 찌를 준비가 다 된 것 같았다. 핑키가 떨치려고 몸부림치자, 삼손은 핑키 쪽으로 더 다가섰다. 뒷다리로 핑키를 움직이지 못하게 하면서 몸 전체를 핑키에게 내리꽂았다. 핑키는 녀석의 육중한 무게와 거세게 몰아닥치는 통증에 꽥꽥 비명을 질러 댔다.

그 모습을 보고 있자니 삼손이 미웠다. 그렇게 덩치가 크고 사납고 힘이 센 것이 미웠다. 심지어 삼손이 너무 무거워서 핑키의 앞다리가 뒤틀렸는데도, 삼손은 아랑곳하지 않았다. 하지만 삼손은 정말 놀라운 수퇘지였다. 아무도 삼손을 막을 수 없었다.

"기다려 봐라. 버몬트에서 녀석을 거부할 암퇘지는 없을 거다. 녀석이야말로 진짜 수퇘지니까."

정말 삼손이 대단한 녀석이라는 걸 유감없이 입증했다. 녀석은 훨씬 크고 강했으며, 핑키보다 열 배는 더 거칠었다. 그래서 핑키를 마음대로 다루었다. 삼손이 몰아붙이는 내내 핑키는 목구멍이 찢어질 것처럼 꽥꽥거렸다. 핑키 목에서는 비명 소리가 쉬지 않고 흘러나왔다. 삼손이 의기양

양하게 일을 끝내고 내려온 다음에도 핑키는 계속 신음 소리를 냈다.

핑키의 엉덩이는 시퍼렇게 멍들었으며 뒷다리에서 피가 질질 흘러내렸다. 더 이상 서 있을 수 없는 듯, 몸을 덜덜 떨며 다리를 휘청거렸다. 내가 울타리 안으로 넘어 들어가 핑키를 달래고 닦아 주려고 했다. 그러자 태너 아저씨의 억센 손이 내 어깨를 잡더니 뒤로 잡아끌었다.

"미쳤어? 지금 안으로 들어가서 핑키를 만지면 삼손이 너를 아침거리로 먹어 버리고 말 거야. 도대체 정신이 있는 거냐, 없는 거냐?"

"잘 몰랐어요."

"이제 이 정도는 알아야 돼. 몇 살이지, 로버트?"

"열두 살요. 2월이면 열세 살이 돼요."

"잘 됐군. 열두 살이면 꼬마지만, 열세 살이면 어른이지. 당장은 핑키를 그냥 놔 둬라. 오늘 아침까지는 덩치 큰 어린애였지만 이제는 암퇘지가 됐어. 지금부터는 새끼를 낳을 암퇘지란 말이다. 이제 어떻게 해야 할지 저절로 배우게 될 거야. 그리고 앞으로 수컷을 찾게 될 거야. 철조망이라도 뚫고 수컷을 찾아가려고 할 테니 두고 보라구. 알겠니?"

"네, 아저씨. 알겠어요."

"너네 아빠는 오늘도 돼지를 잡나 보지?"

"네."

"열심히 일하는군. 이제 너도 크고 했으니 아빠도 쉬엄 쉬엄 일해야 할 텐데."

"아빠는 항상 일하세요. 쉴 줄을 모르세요. 더 큰 문제는 마음속에 너무 강한 집착을 가지고 있다는 거예요. 얼굴을 보면 알 수 있어요. 뭔가를 잡으려고 애를 쓰지만 항상 한 발 늦기 때문에 잡을 수가 없는 시합을 하는 것 같아요."

"너 혼자 그런 생각을 한 게냐?"

"네, 아저씨."

"셰이커 출신치고는 정말 똑똑한 아이구나. 학교 성적은 어떻지?"

"전 과목이 '수'예요. 거의 전 과목이요."

"거의 전 과목?"

"국어를 뺀 전 과목이죠. 국어는 성적이 잘 안 나와요. 왜 그런지 답답해요."

"선생님이 너를 좋아하지 않나 보구나?"

"말콤 선생님이 가르치는데, 나를 아주 좋아해요. 하지만 국어는 아직 '수'를 받아 본 적이 없어요."

"이상하군."

"선생님은 내가 가능성을 가지고 있대요. 나중에 뭔가 큰일을 할 수 있을 거래요. 말콤 선생님은 내가 농부보다 훌륭한 사람이 될 거래요."

이 말을 듣고 태너 아저씨가 얼굴을 붉히며 말했다.

"농부보다 훌륭한 사람? 농부보다 훌륭한 사람이 어디 있니? 가축을 돌보고 곡식을 기르는 사람보다 훌륭한 사람은 없단다. 우리 농부가 모든 사람을 먹여 살린다구. 우리 역할은 신의 창조물을 돌보는 일이야. 이보다 훌륭한 일은 없어."

"아빠도 그렇게 말씀하셨어요. 5년만 지나면 이 농장이 우리 것이 된대요. 전부 다요."

"그래? 정말 잘 됐구나. 너희 가족은 정말 좋은 이웃이야."

나는 그 말을 듣고 웃었다.

"왜 웃지?"

"그 말은 아빠랑 제가 아저씨네 가족에게 늘 하던 말이거든요. 아저씨네는 정말 좋은 이웃이에요."

"나는 네 누나들이 자라는 걸 지켜보았단다. 아주 귀여운 소녀들이었지. 어느 모로 보나 단정하고 올곧아서 너희 가족의 자랑거리였단다."

"고맙습니다, 태너 아저씨."

"너네 형 둘이 저세상으로 갔을 때는 아주 슬펐단다. 우리 집사람도 아주 슬퍼했어. 그래서 너네 엄마랑 많은 시간을 함께 보냈지. 하지만 이제 네가 있구나, 로버트. 너는 첫걸음을 내디뎠다. 핑키는 멋진 암퇘지가 될 거야. 최소한 열 마리는 낳을 거다. 새끼를 낳자마자 다시 짝짓기를 하면 매년 봄가을에 새끼를 낳을 거야. 그러면 일 년에 스무 마리다. 그렇게 5년만 지나면 백 마리가 되는 거야."

"백 마리요? 정말 엄청나네요."

"그것만이 아니란다. 핑키는 평범한 돼지 출신이 아니야. 아주 좋은 품종이라구. 삼손처럼 말이다. 그러니 삼손이랑 짝짓기를 하면 열두 마리를 가질 수도 있어. 두 마리는 덤이지. 그것만 해도 아주 큰돈이야. 그 돈으로 농장 빚을 갚을 수 있을 거야. 그리고 저금도 할 수 있을 거고."

새끼 돼지와 돈과 고기와 은행 따위에 관한 얘기가 머릿속에서 빙빙 돌았다. 건전한 기독교인으로서 그런 생각을 하는 건 옳지 않다는 생각이 들었다. 하지만 셰이커 교본에 쓰여진 대로 엄격하게 사는 사람이 과연 얼마나 되겠는가?

"그렇지만 우리는 검소하게 살아야 할 셰이커 교인이에

요. 그렇게 많은 걸 욕심내면 안 돼요."

"말도 안 되는 소리. 우리 부부도 너희처럼 경건한 기독교 신자야."

"하지만 아저씨네는 셰이커 교인이 아니잖아요, 그렇죠?"

"그야 물론이지. 우리는 침례교인이라구! 세례를 받은 아주 독실한 침례교인이야. 침례교인으로 태어나서 침례교인으로 죽는 게 소원이지. 하지만 지금 당장은 아니야. 나도 베스 아주머니도 침례교인이란다."

갑자기 웃음이 터져 나올 뻔했다. 아빠와 엄마와 캐리 이모말고 나를 어느 누구보다 사랑하는 세 사람, 그러니까 태너 아저씨네 부부와 매티 이모가 침례교인이라니! 그것도 자칭 아주 독실한 침례교인이 아닌가! 그건 내가 어떤 것에 대해 잘못 알 수 있다는 걸 보여 주는 좋은 사례였다.

그리고 얼마나 어리석을 수 있는지를.

# 14

사과 수확이 아주 나빴다.

날씨도 훨씬 추워졌다. 겨울에 먹을 볼드윈종과 조너선종 일부를 조금이나마 거둬들여 지하실에 저장할 수 있어 다행이었다. 아빠 말이 맞았다. 수확량이 많이 줄었다. 수확한 사과도 알이 굵지 않고 벌레 먹은 자국이 많았다. 죽은 나무에서는 아주 시큼하고 파란 사과가 열렸다. 그 사과로 파이를 만들었는데, 올겨울에는 파이마저 못 먹게 생겼다.

아빠는 산등성이에서 수사슴 한 마리와 암사슴 여러 마리를 두 번이나 발견했다. 하지만 아빠가 엽총과 총알을 챙기고 나면 어느새 사슴은 사라지고 없었다. 제이콥 헨리의 아빠는 수사슴 한 마리를 잡았다. 아이라 롱 아저씨도 마찬가지였다. 태너 아저씨네 일꾼도 암사슴 한 마리를 잡았다. 하지만 아빠에게는 사슴 사냥용 총이 없고 탄알을 장전해야 하는 엽총 한 자루뿐이었다. 그래서 사냥을 하려면 가까이 다가가야 했다.

아빠는 일하러 가기 전 이른 아침에 사슴을 잡으려고 매일같이 사냥을 나갔지만 아무런 소득이 없었다. 한 번은 네 시간 동안 차가운 비를 맞으며 쪼그리고 앉아 기다리기도 했다. 그 일이 있은 뒤로 아빠는 기침을 심하게 했다. 가슴 속 깊은 곳에서 기침이 터져 나오면 아빠는 뭔가를 꽉 붙잡고 있어야 했다. 급기야는 폐가 아주 안 좋아져서 엄마랑 떨어져 자야 하는 최악의 사태가 벌어졌다. 그래서 아빠는 헛간에서 잤다. 데이지와 솔로몬이 곁에 있어 그런대로 따뜻하고 아늑했다.

첫눈이 왔다. 하지만 많이 내리지는 않아서 다음 날 아침에 해가 뜨자 다 녹아 버렸다. 그러나 앞으로 더 많은 눈이 올 게 분명했다.

핑키는 새끼를 가질 수 없었다. 씨를 받았는데도 소용이 없었다. 게다가 음식을 너무 많이 먹어서 애완용으로 기를 수도 없었다. 삼손과 두 번이나 짝짓기를 했는데도 새끼가 들어서지 않았다. 게다가 발정도 하지 않았다. 핑키는 단 한 번도 제대로 발정하지 않았다.

어두침침한 12월의 어느 이른 아침에 모든 게 끝나고 말았다. 그날은 토요일이어서 학교에 가지 않았다. 집안일을 끝낸 다음, 아빠와 나는 아침을 먹으러 부엌으로 들어갔다. 뜨거운 김이 모락모락 피어오르는 오트밀 죽을 다 먹어 치우려고 했는데 죽에서 비누 맛이 나는 것 같았다. 그리고 데이지한테서 짜 온 신선한 우유도 맛이 형편없었다. 도저히 삼킬 수가 없었다. 아빠는 식탁에 앉아서 불도 붙이지 않은 파이프를 손가락으로 매만지면서 아침 식사로 차려진 음식을 바라보기만 했다. 도저히 먹을 수 없다는 표정이었다. 이윽고 아빠는 자리에서 일어나 창밖을 내다보았다. 밖에는 먼동이 트면서 어스름한 달빛이 점점 희미해지고 있었다. 아빠가 몸을 돌려서 나를 쳐다보더니, 결연한 표정으로 입을 열었다.

"로버트, 이제 그만 해치워야겠다."

나는 무엇을 해치울 거냐고 묻지 않았다. 그냥 알 수 있었다. 엄마와 캐리 이모도 마찬가지였는지, 아빠와 내가 밖으로 나가려고 외투를 걸치자 가까이 다가와서 아무 말없이 거들어 주었다.

전날 밤에 눈이 내려 약간 쌓였다. 엄마가 케이크 판에 밀가루를 엷게 까는 정도로 흰 눈이 대지를 살짝 덮고 있었다. 아빠를 따라 장비실로 갔다. 나는 아빠가 칼을 날카롭게 가는 걸 가만히 서서 지켜보았다. 칼날이 휘어진 도살용 칼은 짧고 뭉툭했다. 아빠는 헛간에서 꺼낸 무거운 고무장화를 신고 허리에 앞치마용 가죽 덮개를 둘렀다.

나는 연장 몇 개와 뼈 자르는 톱을 챙겼다. 아빠를 따라 헛간을 나와 남쪽으로 돌아, 핑키의 집이자 솔로몬이 캡스턴을 이용해 끌어냈던 옥수수 곳간으로 갔다. 핑키가 깨끗한 밀짚 속에 따뜻하게 웅크리고 누워 있었다. 그 안에서 부드럽고 온화한 냄새가 풍겨 나왔다.

“일어나, 핑키. 아침이야.”

나는 애써 명랑한 목소리로 말하려 했다. 하지만 목이 잠겼는지 말이 제대로 나오지 않았다. 발로 핑키를 흔들어 깨웠으나 반응이 없어서 결국에는 회초리를 가져와 핑키를 깨워야 했다. 핑키가 나에게 다가와서 다리에 코를 비벼 댔다. 동그랗게 말린 꼬리가 이리저리 움직였다. 새날이 밝아서 기쁘다는 인사 같았다. 사람들은 돼지는 아무 감정이 없어서 꼬리를 흔들 수 없다고 한다. 하지만 여기서 확실히 말할 수 있는 것은, 그때 핑키는 내가 누구라는 걸 알고서 꼬리를 흔들며 반가워했다는 것이다.

아빠가 물을 끓이려고 불을 지피는 동안, 나는 핑키를 밖으로 끄집어내 조그만 우리로 데리고 갔다. 삼손이 짝짓기를 할 때 심하게 몰아붙였던 우리였다. 핑키가 안 들어가려고 문가에서 버텼다. 회초리를 몇 번 맞고서야 간신히 안으로 들어갔다. 너무 세게 때려서 꽤 아팠겠지만, 이제 그런 건 문제 될 게 아니었다.

아빠와 나도 뒤따라 들어가서 빗장을 걸고 문을 닫았다. 나는 눈 위에 무릎을 꿇고 두 팔로 핑키의 목을 껴안았다. 핑키의 냄새가 강하게 풍겨 왔다.

'핑키, 이해해 줘. 다른 방법이 있었다면 좋았을걸. 아빠가 올가을에 사슴 한 마리만 잡았어도, 내가 돈을 벌 수 있을 만큼 컸더라도, 이런 일은 결코 없을 텐데…….'

나는 입 속으로 중얼거렸다.

"얘야, 좀 도와다오. 시간이 됐어."

아빠가 말했다.

아빠가 연장을 땅바닥에 내려놓고 90센티미터쯤 되는 쇠지레를 단단히 움켜쥐었다. 아빠도 나처럼 장갑을 끼지 않았기 때문에 쇠지레가 굉장히 차가울 게 분명했다. 나도 장비실에서 쇠지레를 들고 올 때 손이 시려 죽을 것 같았다.

"뒤로 물러서거라."

"아빠, 못 하겠어요."

"그런 걸 따질 때가 아니야. 해야만 돼."

나는 앉았던 자리에서 일어나 뒤로 물러났다. 그러자 아빠가 핑키 머리 앞으로 걸어갔다. 핑키는 눈 위에 서서 내 발만 보고 있었다. 아빠가 쇠지레를 거머쥐고 하늘 높이 치켜드는 게 보였다. 나는 두 눈을 꼭 감았다. 핑키에게 도망치라고 소리치고 싶기라도 한 듯 입을 벌리고는 가만히 기다렸다. 결국 기다리던 소리가 허공을 뚫고 두 귀로 파고들었다.

쇠지레가 돼지의 두개골을 '퍽' 하고 깨뜨리면서 나는 둔탁한 소리였다. 그 순간, 아빠가 미웠다. 핑키를 죽인 아빠가 미웠다. 평생 수많은 돼지를 죽인 아빠가 미웠다.

"빨리……."

아빠 목소리였다.

나는 눈을 뜨고 핑키에게 다가갔다. 핑키가 눈 위에 쓰러져서 꿈틀거리며 숨을 가쁘게 몰아쉬고 있었다. 나는 핑키를 굴려서 뒤로 눕힌 다음, 다리를 벌리고 서서 앞다리를 잡고 공중에 들어 올렸다. 그러자 아빠가 왼손으로 핑키의 턱을 돌려서 코끝이 땅에 닿게 만들었다. 오른손에는 날이 휜 뭉툭한 칼이 들려 있었다. 그 칼로 목을 깊숙이 찌른 다음, 다시 목덜미를 찔러 목에 있는 동맥을 잘랐다. 그러자 피가 부글부글 뿜어져 나왔다. 내 신발에도 피가 떨어졌다. 도망쳐서 마음껏 소리치며 울고 싶었다. 하지만 그 자리에 가만히 서서 핑키의 다리를 꼭 붙들고 있었다.

사방이 너무 조용했다. 마치 크리스마스 아침 같았다. 내가 두 다리를 꽉 잡고 있는 동안, 아빠는 아무 말도 하지 않고 가만히 고기를 잘랐다. 핑키 몸에서 계속 피가 흘러나왔다. 뜨거운 피가 눈 위에 떨어져서 하얀 김이 모락모락 피어올랐다. 발밑에도 피가 얼룩덜룩했다.

내 무릎 사이에서 핑키가 경련을 일으키며 죽어 가는 게 느껴졌다. 나는 눈길을 돌릴 수밖에 없었다. 아빠가 계속 고기를 자르는 동안 나는 두 다리를 단단히 잡고 핑키의 보금자리였던 낡은 옥수수 여물통을 바라보았다.

아빠는 아무 소리도 내지 않고 신속하게 작업했다. 아빠가 내장을 꺼내 차가운 바닥 위에 내동댕이쳤다. 그런 다음 아빠와 나는 턱에 갈고리를 끼워서 피투성이 몸체를 질질 끌어다가 끓는 물에 넣었다. 한 번 삶은 다음 털을 뽑고 긁어낸 뒤 톱으로 몸을 두 토막 냈다.

아빠는 사람이나 짐승과는 다른 방식으로 숨을 쉬고 있었다. 나는 그렇게 빠르게 작업하는 사람을 한 번도 본 적이 없었다. 두 손이 얼었을 텐데, 아빠는 장갑도 끼지 않고 계속 작업했다. 마침내 아빠가 작업하던 손을 멈추더니, 나를 고깃덩이가 있는 데서 멀찌감치 밀어내 등을 돌려 다른 쪽을 보게 하고는 옆에 서서 내 얼굴을 응시했다. 힘들게 일하느라 젖은 아빠 몸에서 뜨거운 김이 무럭무럭 올라왔다. 하지만 나는 아무 말도 할 수 없었다. 핑키가 생각났다. 어디든지 나를 그렇게도 따라다니던 귀엽고 깔끔한 하얀 핑키. 처음으로 나에게 주어졌던 유일한 소유물. 내 것이라고 자신 있게 말할 수 있던 유일한 친구. 하지만 핑키는 더 이상 이곳에 없다. 한순간에 눈과 섞여 축축한 진흙탕이 돼 버린 피범벅뿐이었다. 내가 울부짖었다.

"아, 아빠. 가슴이 찢어질 것 같아요."

"나도 그렇단다. 하지만 네가 어른스럽게 받아들이니 고맙구나."

갑자기 눈물이 터져 나왔다. 아빠는 내가 실컷 울도록 놔두었다. 나는 하늘을 향해 고개를 든 채 두 눈을 감고 계속 울었다. 하느님이 내 울음소리를 들어주길 바랐다.

"어른이 되려면 그런 건 이겨내야 해. 어차피 이렇게 될 수밖에 없었어."

아빠의 커다란 손이 얼굴을 쓰다듬는 게 느껴졌다. 그 손은 돼지들을 죽인 손이 아니라, 엄마 손처럼 정겨운 손이었다. 아빠 손이 거칠고 차가웠다. 눈을 뜨고 보니, 아직도 손등에서 돼지 피가 뚝뚝 떨어지고 있었다. 조금 전에 핑키를 죽인 손이었다. 아빠가 죽였다. 그래야 했기 때문이다. 내키지는 않았지만, 어쩔 수 없이 해야 할 일이었다. 그래서 아빠 역시 굳이 나에게 미안하다고 말할 필요가 없다는 걸 알고 있었다. 얼굴을 쓰다듬으며 눈물을 닦아 주는 아빠 손이 모든 걸 말해 주고 있었다. 잔인하게 돼지를 잡은, 울퉁불퉁한 손가락이 가볍게 내 뺨을 쓰다듬었다.

나는 참지 못하고 아빠 손을 잡아 입을 맞췄다. 돼지 피가 잔뜩 묻어 있는 그 손에 말이다. 죽은 돼지의 기름과 피가 묻어 있었지만 나는 계속 아빠 손에 입을 맞추었다. 설사 나를 죽이는 일이 있다 하더라도 아빠를 용서할 수밖에 없다는 사실을 알리고 싶었다.

아빠가 허리를 펴며 잿빛 겨울 하늘을 등지고 우뚝 일어섰을 때도 나는 아빠 손을 잡고 있었다. 아빠가 나를 내려다보더니, 눈길을 다른 데로 돌렸다. 아빠는 다른 한 손을 들어 소매로 두 눈을 훔쳤다. 나는 아빠가 우는 모습을 처음 보았다.

그때가 처음이자 마지막이었다.

# 15

아빠는 그해 겨울을 넘겼다. 그리고 이듬해 5월 3일 헛간에서 자다가 세상을 떠났다.

아빠는 항상 나보다 일찍 일어났다. 그런데 그날 아침 내 헛간으로 나갔을 때는 정적이 감돌았다. 아빠는 손수 마련한 짚단으로 만든 침대에 누워 있었다. 한눈에 아빠가 돌아가셨다는 것을 알 수 있었다.

"아빠."

나는 딱 한 번만 아빠를 불렀다.

"괜찮아요. 오늘 아침에는 푹 주무세요. 일어나지 않으셔도 돼요. 제가 아빠 일까지 다 할게요. 더 이상 일하지 않으셔도 돼요. 이제 푹 쉬세요."

나는 솔로몬과 데이지에게 사료와 물을 주었다. 그런 다음 데이지에게서 우유를 짰다. 그러고는 닭들에게 모이를 던져 주었다. 물론 물도 주고, 달걀도 주워 담았다. 달걀 하나는 막 낳은 것인지 아직 촉촉했다. 달걀은 항상 일곱 알을 주웠다. 하얀 달걀 다섯 개와 갈색 달걀 두 개였다. 나는 달걀에 묻어 있는 것들을 닦아 내고는 저장실에 갖다 놓았다. 그러고는 부엌으로 들어갔다. 엄마와 캐리 이모가 아침을 준비하고 있었다. 이제 열세 살이 된 내가 두 분보다 키가 컸다. 나는 엄마와 이모를 팔로 꼭 껴안았다.

"내가 먹을 건 바구니에 담아 주세요. 솔로몬을 데리고 읍내로 가서 윌콕스 아저씨를 만나야겠어요. 아빠는 식사하러 오지 않으실 거예요. 오늘 아침엔 안 오세요. 앞으로도 계속……. 두 시간 정도면 돌아올 거예요. 우선 매티 이모와 흄 이모부께 말씀드리고 다른 분들께도 전할게요."

내가 조용히 말했다.

"그래라. 캐리 이모와 내가 준비하겠다. 네 누나들한테는 알릴 시간이 없다. 버몬트 여기저기에 흩어져 살고 있으니 어차피 올 수도 없을 거야."

엄마도 차분히 말했다.

"누나들한테는 나중에 편지를 쓰겠어요. 장례식 얘긴데, 아빠에게 입힐 옷은 있나요?"

"응. 얼마 전에 준비해 두었다. 우리…… 우리 침대…… 발치에 있는 서랍에……."

"엄마, 윌콕스 아저씨가 오시기 전에 미리 준비하는 게 좋을 거예요."

"그래, 그렇게 하마."

나는 엄마와 캐리 이모 이마에 키스를 하고 밖으로 나가 솔로몬에게 멍에를 씌웠다. 솔로몬을 문 앞에다 매 놓은 뒤, 집 안으로 들어가 엄마가 깨끗한 체크무늬 냅킨에 싸 놓은 아침(결국엔 한 입도 먹지 않았다)을 가져왔다. 그러고는 러닝 읍내로 향했다.

나는 윌콕스 아저씨에게 아버지의 죽음을 알렸다. 윌콕스 아저씨는 독실한 셰이커 교인으로, 장례 절차를 처리해 주는 장의사였다. 매티 이모와 흄 이모부에게도 알린 다음 집으로 돌아왔다. 돌아오는 길에 두 집을 더 들렀다. 배스컴 아주머니와 아이라 아저씨 그리고 태너 아저씨 부부에게 알려야 했기 때문이다. 집에 돌아오니 윌콕스 아저씨가 먼저 와 있었다. 작은 마차에 매단 아저씨의 갈색 말이 헛간 밖에 서 있었다. 마부석 뒤에 관이 있었다. 페인트칠을 하지 않은 관으로 손잡이도 없었다. 그것은 러닝 읍내 셰이커 교인들이 보낸 선물이었다. 윌콕스 아저씨에게 줄 돈을 준비했다. 아저씨는 읍에서 지원하는 장의사라서 비용이 그리 비싸지 않았다.

"사람들은 정오에 올 거예요, 아저씨."

아저씨가 아빠의 시신을 수습하고 있을 때 내가 말했다.

"그때까지 모든 게 준비될 게다, 로버트."

"고마워요, 아저씨."

나는 캐리 이모와 엄마에게 장례 시각을 알려 주었다. 이모와 엄마는 가장 소박하고 좋은 옷을 꺼내 입고 장례식 준비를 할 게 분명했다.

"장례식에 참석할 사람은 많지 않아요. 아마 여섯 명이 전부일 거예요."

그러자 엄마가 입을 열었다.

"네가 모든 걸 의젓하게 처리하니 정말 고맙구나. 나 혼자서는 감당하지 못했을 거야, 로버트."

"아니에요, 엄마. 할 수 있었을 거예요. 일할 사람이 엄마뿐이었다면 엄마도 잘하셨을 거예요."

과수원으로 가서 가족 묘지에 아빠 무덤을 팠다. 다 끝낸 다음, 다른 할 일이 없나 사방을 둘러보았다. 아무 일이

나 상관없었다. 아빠가 돌아가시기 하루 전, 아빠와 함께 장비실에서 쟁기 날을 고치다 말았던 게 떠올랐다. 사람들이 올 때까지 그냥 기다리지 않고 그 일을 시작했다. 그런대로 쓸 수 있을 만큼 고쳐 놓았다.

장비실 밖으로 나가려는데, 눈을 잡아 끄는 게 있었다. 아빠가 쓰던 여러 가지 연장의 손잡이들이었다. 연장들에는 대체로 세월의 흔적이 짙게 배어 있었고, 손잡이들은 짙은 갈색을 띠고 있었다. 하지만 아빠가 손으로 잡았던 부분은 황금색처럼 연한 갈색이었다. 아빠의 손길이 닿았던 부분은 노동의 흔적으로 반들반들했다. 나는 손잡이들을 하나하나 자세히 들여다보았다. 노동으로 단련된 손잡이가 도금을 한 것처럼 빛나는 모습이 정말 아름다웠다.

가만히 서서 아빠가 쓰던 여러 가지 연장을 보고 있자니, 일일이 손으로 잡아 보고 싶은 생각이 솟구쳤다. 나는 손을 뻗어서 아빠가 쥐던 식으로 잡고, 내 손으로 잡을 수 있는 크기인지 살펴보았다.

연장들 밑에 먼지가 뽀얗게 쌓인 낡은 담배 상자가 보였다. 상자를 열자 몽당연필 한 자루와 낡은 종이 한 장이 나왔다. 종이를 펼쳐 드니 아빠가 이름 쓰기 연습을 한 흔적이 보였다. 수많은 '헤븐 펙' 글자 가운데 하나는 거의 완벽에 가까웠다. 이름 쓰는 요령을 거의 터득한 것 같았다. 종이가 누렇게 바랜 걸 보면 오랫동안 연습한 게 분명했다. 종이를 원래대로 조심스레 접어서 상자 안에 넣고 뚜껑을 닫았다.

나는 옷을 갈아입으러 집으로 들어갔다. 정오가 가까웠다. 엄마가 오래전에 만들어 준 검은 양복을 입어 보았다. 그 옷을 입으면 언제나 전도사가 된 듯한 기분이 들었다. 게다가 너무 작아서 몸에 맞지가 않았다. 아빠 양복을 입어 보니 너무 컸다. 그래서 아빠의 낡은 검은 바지를 안으로 말아 올려서 핀으로 고정시켜 입고는, 무두질한 새 작업 구두를 신었다. 그런 다음에 아빠 셔츠를 입었다. 넥타이는 매지 않았다. 거울을 보면서 장례 행렬을 이끌 상주다운 위엄이 있는지 살펴보았다. 하지만 상주라기보다는 광대 모습에 가까웠다. 셔츠가 너무 컸다. 무두질한 작업 구두는 맨발처럼 너무 눈에 튀었다. 나는 셔츠를 갈기갈기 찢어 바닥에 내동댕이치면서 소리질렀다.

"하느님, 왜 이렇게 가난해야 합니까? 사는 게 지옥 같아요."

정오가 되자 사람들이 찾아왔다. 아빠에게 옷을 입혀서 관 속에 모신 직후였다.

매티 이모와 흄 이모부가 가장 먼저 찾아왔다. 배스컴 아주머니와 아이라 롱 아저씨가 그다음으로 찾아왔다. 이미 합법적으로 결혼한 사이였기 때문에 롱 아주머니라고 불러야 했지만, 내 마음속에서는 언제나 배스컴 아주머니였다. 이윽고 태너 아저씨 부부가 두 마리 검은 말이 이끄는 검은색 마차를 타고 왔다. 나는 밖으로 나가 태너 아저씨 부부를 맞이했다.

"이렇게 와 주셔서 고맙습니다, 태너 아저씨."

"로버트, 내 이름은 벤저민 프랭클린 태너야. 이웃들은 모두 나를 벤이라 부르지. 친한 친구끼리는 서로 이름을 부르며 지내는 게 좋다고 생각하네."

"그리고 이제부턴 나를 베스라고 불러, 로버트."

태너 아주머니도 덩달아 말했다.

태너 아저씨 부부가 집 안에 있는 다른 사람들과 함께할 즈음 나는 길 너머를 바라보았다. 또 다른 마차가 오고 있었다. 메이 아주머니와 세브링 힐먼 아저씨였다. 그리고 읍내에서 이사도어 크룩생크 아저씨가 제이콥 헨리와 가족들을 데리고 찾아왔다. 마지막으로 클레이 샌더 사장님이 아빠랑 일하던 동료들과 함께 찾아왔다. 그날 하루만큼은 모두들 일손을 놓았다. 돼지가 한 마리도 죽지 않은 날이었다.

아빠 동료들이 찾아와서 반가웠다. 더러는 나보다 더 볼품 없는 옷을 입고 온 사람도 있었다. 하지만 그래도 찾아온 거다. 아빠를 묻는 일을 도와주려고 왔다. 아빠를 존경하고 존중하기 때문에 찾아왔다. 좁은 집에 사람들이 꽉 들어찬 걸 보니까 아빠도 좋아할 거라는 생각이 들었다. 아빠는 부자가 아니었다. 하지만 그렇다고 가난하지도 않았다. 아빠는 언제나 당신이 가난하지 않다고 말했다. 그렇지만 나는 그 말을 농담으로 받아들였다. 그런데 과장이 아니었다. 아빠는 많은 것을 가지고 있었다. 정말 그랬다.

관은 뚜껑이 열린 채 부엌 식탁 위에 놓여 있었다. 그곳은 집 안에 관을 놓을 수 있는 유일한 장소였다. 아빠는 키가 큰 사람이었다. 하지만 친구들이 모여 있는 거실에 아빠를 눕힐 수는 없었다. 그리고 잘했다는 생각이 들었다. 사람은 남들이 지켜보는 곳에서 휴식을 취할 수가 없다.

상주로서 아빠를 애도하며 뭔가 말할 차례가 되었다. 무슨 말을 해야 좋을지 몰라 당혹스러웠다. 너무 많은 말을 늘어놓아도 안 되고, 내가 생각하는 아빠를 그대로 얘기할 수도 없었다. 나에게는 아빠와 살던 기간이 마치 왕과 살던 시간 같았다.

"우리 아빠, 헤븐 펙께서는 존경받는 남편이자 아빠, 훌륭한 농부이자 좋은 이웃으로 살았습니다. 부인과 네 명의 딸과 한 아들한테 사랑을 받았습니다. 우리 모두 그분을 알았던 것에 감사드립니다. 그분의 영혼이 천국에 들어가서 영원히 행복하기를 바랄 뿐입니다."

윌콕스 아저씨가 가르쳐 준 대로 말했다. 무난하게 했다는 생각이 들었다. 우리는 거실을 나와 부엌으로 가서 아빠에게 작별 인사를 했다. 사람들은 아빠 옆을 지날 때마다 "아멘" 하고 말했다.

페인트칠도 안 된 관 뚜껑을 닫고 못을 박았다. 여섯 사람이 관을 들고 밖으로 나가 과수원으로 향했다. 미리 파 놓은 무덤에 도착하자, 사람들이 밧줄을 이용해서 관을 조금씩 무덤 바닥에 내려놓았다. 바닥에는 밧줄을 빼내기 쉽게끔 미리 작은 판자를 깔아 놓았다. 셰이커 교본에는 밧줄을 관과 함께 묻는 건 옳지 않다는 내용이 적혀 있었다. 밧줄이 아주 비싼 물건이라는 세속적인 이유 때문에 그런 것 같았다.

나는 무덤가에 미리 삽 두 자루를 마련해 놓았다. 일행 가운데 가장 건장한 아이라 아저씨와 힐먼 아저씨가 삽자루를 쥐고 흙을 퍼 넣기 시작했다. 처음에는 흙에 섞여 있는 돌멩이들이 쿵쾅거리며 관에 부딪히는 소리가 들리더니, 흙이 쌓이면 쌓일수록 그 소리가 점점 작아졌다. 이윽고 무덤이 모두 메워지자, 삽 등으로 흙을 다졌다. 묘비명도 비석도 없었다. 누가 누워 있는지, 아빠가 어떤 사람이었으며 육십 평생을 살면서 무슨 일을 했는지, 아무런 표시가 없었다.

우리 모두 발길을 돌렸다. 캐리 이모와 엄마가 내 양옆에서 걸어갔다. 엄마와 이모 모두 괜찮아 보였고 발걸음도 차분했다. 엄마와 이모를 양옆에 끼고 걷는다는 게 자랑스러웠다. 엄마의 다정한 얼굴은 공허해 보였다. 엄마는 가장 그리운 대상을 입 밖에 꺼내지 못했다. 우리 모두 나름대로 아빠를 향한 그리움을 가슴에 담고 살아갈 거라는 생각이 들었다.

"로버트, 베스나 나에게 도움이 필요하면 언제든지 찾아오도록 해라."

모든 사람이 떠난 뒤 태너 아저씨가 말했다.

"고마워요, 벤. 아저씨는 정말 좋은 이웃이에요."

"그렇게 말하는 걸 보니 아빠를 꼭 닮았구나."

"그렇게 되도록 노력할 거예요."

태너 아저씨 부부도 떠났다. 엄마와 캐리 이모는 서로

울지 말라며 다그치면서 집 안을 분주히 돌아다녔다. 나는 작업복으로 갈아입고 나무 토막을 깎았다. 우유 저장실 문에 끼울 쐐기가 필요했기 때문이다.

솔로몬의 눈 주위에 긁힌 자국이 있었다. 어떻게 생긴 상처인지는 모르지만, 붕소로 정성껏 치료해 주었다. 그런 다음 장비실을 깨끗이 정돈하고, 큰 낫을 날카롭게 갈았다. 녹나무를 잘라서 물에 끓여 솔로몬에게 씌울 새 멍에를 만들 준비를 했고, 양쪽 끝에 쐐기를 박을 구멍도 뚫었다.

농장일을 할 시간이 되었다. 데이지의 젖을 짜고 물과 사료를 준 다음, 물로 깨끗하게 씻기고 새 짚더미를 깔아 주었다. 그런 다음 이모와 엄마와 함께 저녁 식사를 했다. 먹을 음식이 별로 없었다. 콩 요리뿐이었다. 우리는 그렇게 콩만 먹으며 겨울을 났다. 물론 돼지고기도 있었지만, 차마 목구멍으로 넘길 수가 없었다.

저녁 설거지를 마친 엄마는 몹시 피곤해 보였다. 이모도 마찬가지였다. 그래서 뜨거운 차를 한 잔씩 들고 침실로 가서 쉬라고 말했다.

나는 쉽게 잠들 수 없을 것 같아 코트를 걸치고 밖으로 나갔다. 데이지와 솔로몬을 둘러보았다. 둘 다 저녁 예배를 드리는 것처럼 조용히 쉬고 있었다. 이제 데이지랑 솔로몬도 나이가 들어서 외양간에서 쉬는 걸 좋아했다. 오늘처럼 따사로운 봄밤에도 나오길 싫어했다.

뭔가가 발목을 비볐다. 내려다보니 미스 사라가 두더지를 잡으러 나가다가 나를 보고 인사를 하는 중이었다.

과수원 쪽으로 발길을 돌렸다. 할 일은 모두 끝냈는데, 그때 왜 과수원으로 갈 생각을 했는지 모르겠다. 아마 아빠에게 안녕히 주무시라는 인사를 하고 아빠와 단둘이 있고 싶었던 것 같다. 벌레들이 나를 둘러싸고 사방에서 노래하고 있었다. 마치 합창 소리 같았다. 무덤가에 도착했다. 모든 게 깨끗하게 정돈되어 있었다. 버몬트의 투박한 흙, 저 아래 어딘가에 우리 아빠 헤븐 펙이 묻혀 있었다. 그렇게 열심히 땀 흘리며 당신 소유로 만들려던 땅속 깊은 곳에. 하지만 이제는 땅이 아빠를 소유하게 되었다.

"안녕히 주무세요, 아빠. 아빠랑 보낸 지난 13년은 정말 행복했어요."

내가 할 수 있는 말은 그게 전부였다. 나는 새로 덮어서 풀 한 포기 없는 한 무더기의 흙을 뒤로 한 채 발길을 돌렸다.

돼지가 한 마리도 죽지 않던 날

A Day No Pigs Would Die

2017년 7월 3일 1판 1쇄

| | |
|---|---|
| 지은이 | 로버트 뉴턴 펙 |
| 옮긴이 | 김옥수 |
| 편집 | 김태희, 장슬기, 나고은, 김아름 |
| 디자인 기획 | PaTI(파주타이포그라피학교) |
| | 아트디렉터 오진경, 디자인 박하얀, 그림 조신철·한수영 |
| 제작 | 박홍기 |
| 마케팅 | 이병규, 양현범, 박은희 |
| 인쇄 | 천일문화사 |
| 제책 | J&D바인텍 |

| | |
|---|---|
| 펴낸이 | 강맑실 |
| 펴낸곳 | (주)사계절출판사 |
| 등록 | 제406-2003-034호 |
| 주소 | (10881) 경기도 파주시 회동길 252 |
| 전화 | 031)955-8588, 8558 |
| 전송 | 마케팅부 031)955-8595 편집부 031)955-8596 |
| 홈페이지 | www.sakyejul.co.kr |
| 전자우편 | skj@sakyejul.co.kr |
| 페이스북 | facebook.com/sakyejul |
| 인스타그램 | www.instagram.com/yoloyolo_book |

값은 뒤표지에 적혀 있습니다. 잘못 만든 책은 서점에서 바꾸어 드립니다.
사계절출판사는 독자 여러분의 의견에 늘 귀 기울이고 있습니다.

ISBN 979-11-6094-051-0 04840
ISBN 979-11-6094-050-3 (세트)

이 도서의 국립중앙도서관 출판예정도서목록(CIP)은 서지정보유통지원시스템 홈페이지(http://seoji.nl.go.kr)와 국가자료공동목록시스템(http://www.nl.go.kr/kolisnet)에서 이용하실 수 있습니다.(CIP제어번호: CIP2017013570)